문관, 갑옷을 입다

강감찬과 현종

문관,

강감찬과 현종

갑옷을 입다

조동신 장편소설

MONGSIL
BOOKS

차례

여요 전쟁 _ 고려 거란 전쟁

993년(성종 12년)부터 1019년(현종 10년)까지 26년간 세 차례에 걸쳐 거란(요)이 고려를 침략한 전쟁이다.

1차는 993년, 2차는 1010년, 3차는 1019년에 있었다. 2차 침략 때 고려는 도성까지 함락되는 등 위기를 맞았으나, 3차 때는 강감찬이 이끄는 고려군이 귀주에서 대승을 거두고 전쟁을 끝내는 데 성공했다.

프롤로그

안융진 전투

고려 성종 12년(993) 10월, 거란군은 안융진(평안남도 문
덕리, 청천강 하구)을 쳤다. 주력 군대는 대도시인 안주를 포
위했으나 서경(평양)을 치기 위한 우회로를 마련하기 위해서
였다.

"이번에 실패하면 우리는 어쩔 수 없다네!"

별동대 대장이 말했다. 이들은 1만이었으나 이번에 침략한
거란군 중에서도 가장 정예였다. 안융진성에 있는 고려군은
며칠째 완강히 버티고 있었지만, 그 병력은 거란의 10분의 1
도 되지 않으니, 함락은 거의 확실한 상태였다.

"성 쪽에서는 아직 움직임이 없습니다."

"저들도 많이 지쳤을 테니까 말일세. 이제 지원군이 온다

고 했으니, 적의 원군을 조심하게!"

"우리도 물러나는 게 어떻겠사옵니까?"

부관이 대장에게 의견을 냈다.

"후퇴하자는 말인가?"

"후퇴하는 척하면, 저들이 일단 방심할 것이옵니다. 그러니
원군이 오면 그때 한꺼번에 몰아치는 것이옵니다!"

"그래?"

대장은 씩 웃었다. 이런 대치 상태에서 잠깐이라도 방심한
다면 금방 무너질 수 있다. 그러니 아군의 병력을 잠시 쉬게
할 겸 슬쩍 물러나기로 했다.

"그런데 지원군은 어떤 길로 온다고 하던가? 큰길로 오면
들킬 텐데."

"산길로 온다고 했사옵니다. 아마 곧 전령이 올 것이옵니
다."

"장군!"

부관의 예상대로, 얼마 지나지 않아 원군에서 전령이 왔다.

"오, 무슨 일인가?"

"오늘 밤에 우리 군단이 도착할 것이옵니다. 우리가 먼저
불화살을 쏴서 신호함과 동시에 공격할 테니 힘을 합쳐 총공
격하자고 하십니다."

"좋네!"

그해 10월, 거란의 소손녕이 대군을 이끌고 고려를 침공하였다.

고려는 건국 이후 계속 추진해 온 북진 정책과 태조 왕건의 훈요 10조를 충실히 따라 거란을 배척하며 송나라와 친선 관계를 맺었으니, 송나라를 쳐서 중원을 장악하려는 거란으로서는 배후의 안정을 위해서 고려를 멸하거나 굴복시켜야 했다.

거란은 발해를 멸했고(926), 발해 유민들이 압록강 주변에 세운 정안국도 정복하고는(986) 중원 북방 최대의 국가로 떠올랐다. 그 뒤 고려는 압록강을 경계로 거란과 직접 국경을 마주하게 되었으니, 양국의 충돌은 피할 수 없었다.

소손녕은 봉산(현재 평안북도 청천강 유역으로 추정)에서 고려군과 전투를 벌여 승리했고, 고려 조정에 빨리 항복하지 않으면 80만 대군이 고려를 모조리 짓밟을 것이라고 협박했다. 고려 성종은 친히 안주까지 가서 적을 막으려 했으나, 봉산 전투 후 서경(평양)으로 후퇴한 뒤 전황을 보고 있었다.

소손녕은 안주를 직접 치지 않고 빙 돌아서 청천강 하구에 있는 안융진을 쳤다. 그 이유는, 그가 80만 대군을 끌고 왔다는 건 허장성세였기 때문이다. 실제로는 6만 내외였다.

대군을 몰고 공격하려면 큰길로 가야 했고, 그러려면 안주를 먼저 친 뒤 서경을 공격해야 했는데 일부러 우회한 것이다. 이곳을 친다면 청천강을 건너 서경 및 개경까지 칠 수 있었다.

문제는, 안융진성이 생각보다 오래 버텼다는 점이다. 그곳의 군대는 발해 황족으로서 고려에 망명한, 대도수(大道秀)가 지휘하고 있었다. 그는 중랑장(정 5품 무관)에 불과했으나, 거란에 대해 원한이 컸으므로 절대 항복하지 않았다.

소손녕은 안융진을 치는 별동대가 생각보다 시간이 오래 걸리자, 원군을 보내며 한 가지 지시를 내렸다. 원래 있던 군대는 일단 후퇴하라고 한 뒤 후속 부대가 기습하고, 원래 물러났던 부대까지 돌아와 공격하여 단번에 성을 함락시키는 작전이었다.

거란군은 신중하게 가기로 했다. 안융진성 사람들이 알아차리지 못하도록, 후속 부대는 일부러 산길로만 갔다가 높은 곳에서 단번에 기습하기로 했다.

"좋다. 해가 뜨면 우리가 먼저 성을 치고, 그러면 별동대가 추가 공격을 할 것이다!"

거란 지원군 병력은 5천이었지만, 이들은 정예 기병이었으니 지칠 대로 지친 안융진성 병력을 치는 데는 별문제가 되지 않았다. 오히려 지금까지 버틴 게 용할 정도였다.

곧 날이 밝았다. 동쪽에서 붉은빛이 떠오르기 시작했다.

"잘라라!"

신호와 함께, 갑자기 거란군 뒤쪽에서 다른 목소리가 들렸다. 거란 말이 아니었다.

"왁!"

곧, 숲속은 거란군의 비명으로 가득 찼다. 나무들 위에서 가시가 박힌 통나무나 바위 등이 그들의 머리 위에 떨어졌기 때문이다. 원래는 맹수를 잡을 때 쓰는 덫이었지만, 이번에는 적군을 소탕하는 데 쓰게 되었다.

"이런, 함정이다!"

"매복이다! 퇴각하라!"

혼란에 빠진 거란군은 퇴각하려 했으나, 숲 곳곳에 숨어 있던 고려군들이 줄을 당겼다. 말이 그 줄에 걸려 넘어지기만 해도 기병은 떨어지게 마련이라 타격이 컸다.

"아니, 분명히 첨병을 보냈는데 이게 뭐야! 당장 그놈의 목부터 베리라!"

거란군 선봉장은 이 갑작스러운 기습에 놀랐지만 빠져나오며 말했다. 하지만 그럴 수도 없었다. 숲에서 나오자마자 기다란 화살 한 발이 그의 가슴을 정확히 꿰뚫었기 때문이다.

"쳐라! 침략자의 최후가 어떻게 되는지 보여줘라!"

보통 사람은 시위 매기도 어려워 보일 정도로 거대한 활을 들고 외친 사람은, 양주(오늘날 서울과 의정부 지역) 호족인 김웅이었다. 그는 거란의 원군이 안융진으로 가기 전에 그들을 성 밖에서 요격하기로 했다. 이들을 먼저 친다면 그 성을 포위한 거란군도 사기를 잃을 것이다.

김웅이 데려온 군사들이 곧장 거란군을 향해 일제히 활을 쏘았다. 뒤를 이어 기병이 곧 그들에게 돌격했다. 놀란 거란군은 미처 진을 정비하지도 못한 채 그 공격을 받아내야만 했다.

"성주님! 동주(오늘날 황해도 서흥) 호족 김치상 공께서 왔사옵니다!"

부관이 외쳤다.

"왜 이리 늦었대? 적의 퇴각로를 막으라고 하게!"

"네, 그리로 가고 있사옵니다!"

날이 밝을 무렵, 안융진에서 잠시 물러나 있던 거란군 측에 전해진 것은 원군의 전멸 소식과 김웅이 이끄는 고려군의 기습이었다.

"아니, 전멸이라니!"

별동대 대장은 매우 놀랐으나, 곧 날아온 고려군의 화살은 그 소식이 진실임을 증명했다. 거란군은 이제 안융진성과 고려 지원군 양쪽에서 공격받게 되었다.

"퇴각하라!"

거란군 별동대는 뜻밖의 기습에 큰 타격을 입고 물러날 수밖에 없었다. 곧 안융진성 군대와 백성들 사이에서 환호가 일어났다.

"성주님!"

군관 한 명이 김웅에게 달려왔다.

"잘됐네. 헌데 저들은 거란군이 맞는데 여진족도 꽤 섞여 있는 것 같구먼?"

"그럴 수 있을 것이오."

김치상이 오며 말했다. 그가 늦게라도 합류해서 다행이었다.

"압록강 주변의 여진족들은 흩어져 있지만, 몇몇 부족이 거란 밑으로 들어갔으니, 그들을 동원한 모양이오."

거란족과 여진족은 머리 모양이나 복색이 달랐기에 쉽게 구분할 수 있었다.

"형님! 적 선봉장의 수급을 베어 왔사옵니다!"

김웅의 아우, 김현이 오며 말했다.

"수급? 빨리도 베었구나!"

"몸뚱이에 형님의 화살이 박혀 있어서 구분하기 쉬웠사옵니다!"

김웅의 활 솜씨는 양주와 그 일대에 모르는 사람이 없을 정도였다.

"수고했네. 그런데 박 낭장(정6품 무관)은 어떻게 되었나?"

"전사했사옵니다!"

군관이 외쳤다.

"뭣이라?"

안주 출신의 낭장 박진은 이번 숲속 매복 작전을 주장하고 실행한 인물이었다. 특히 그는 사냥꾼처럼 덫을 놓는 데도 능하였고, 김웅에게 이곳의 길을 안내한 인물이기도 했다.

"이런, 그 친구 공이 커서 폐하께 따로 말씀드려 포상을 청하려고 했는데, 어떻게 하다가 전사를 했나?"

김웅이 말했다. 하지만 난전 중 어떻게 전사했는지 알기란 쉬운 일이 아니었다. 김웅은 나중에 박진의 가족들에게 곡식과 물품을 푸짐하게 주며 위로를 전달하기도 했다.

안융진성에서 승리한 덕에 거란은 남진을 멈추고 협상에 들어갔으며, 고려는 이번 일로 압록강 동쪽의 땅, 강동 6주를 확보하는 성과를 냈다. 하지만 압록강 상류 쪽에는 여진족이 흩어져 있었기에, 거란과 고려는 압록강의 동쪽과 서쪽의 여진을 압박하여 영토를 확보해 나가야 했다.

1. 귀주성

무오년(1019) 2월 1일, 아침이 밝았다. 입춘은 지났지만, 여전히 추운 날이었다.

"북풍이 부는구먼."

강감찬(姜邯贊)은 마른 풀잎을 땅에서 살짝 뜯어낸 뒤 바람에 날려 보았다.

귀주성(오늘날 평안북도 구성시) 백성들은 거의 모두 성벽 위에 서서, 조마조마한 마음으로 그 앞의 벌판을 보고 있었다. 그곳에서는 이 성 주민들 모두의 수보다도 몇 배는 되는, 30만 가까운 군사들이 서로를 노려보고 있었다.

"장군, 거란군이 산에서 내려오고 있사옵니다."

부원수 강민첨(姜民瞻)이 말했다.

"보고 있네."

많은 사람이 몰린 이유가 좋은 일 때문은 아니었다. 양측 모두 갑옷을 입고 무기를 들고, 결의에 찬 얼굴로 서 있었기 때문이다.

"대충 8만여 명 정도 되는구먼. 뭐, 미리 듣기는 했지만 말일세."

강감찬은 동북쪽에 자리를 잡은, 거란군을 보며 말했다. 이들에 맞설 고려군은 20만 8천 명이었으므로 두 배가 넘었으나, 유리하다고는 할 수 없는 형국이었다. 거란군은 대부분 기병으로 이루어져 있었고 저들은 거란 중에서도 제일 정예라 할 수 있는 우피실 군이며, 기병 한 명은 보병 10명 이상을 상대할 수 있기 때문이었다. 고려군은 기병의 수가 거란에 비하면 오히려 적었다.

귀주성 백성들 한 명 한 명은 모르는 사람이 없었다. 이번 전투에 고려의 운명이 걸려 있다는 사실을.

"상원수께 모든 걸 맡기고, 우리는 경계를 철저히 해야 한다!"

귀주성 안에 있던 수비군 지휘관이 말했다. 성 안의 망루마다 군사들이 신호용 깃발을 든 채 사방을 엄히 감시하고 있었다. 이쪽에 오는 군대가 적의 원군인지 아군인지 알려야 했기 때문이다.

"그나저나, 상원수라는 분 말인데 왜 저리 늙었나? 우리 할아버지보다도 더 나이 들어 보이네."

"늙기만 했으면 또 몰라, 왜 저렇게 조그매?"

고려군의 총지휘관을 본 백성들 몇 명이 불안한 목소리를 내기도 했다. 지휘관이 얼마나 기가 세고 용맹한지에 따라 싸움의 승패가 결정되는 경우도 많았기 때문이다. 그런데 상원수는 옆에 있는 부장들과 비교해서 눈에 확 띄었다. 풍채가 당당해서가 아니라 오히려 그 반대였기 때문이다.

백성들의 불안감을 아는지 모르는지, 고려군 상원수 강감찬은 앞으로 나섰다. 강한 바람 때문에 그의 수염마저 휘날릴 정도였다.

"드디어, 올 게 왔구나!"

반드시 여기서 거란군을 소탕해야만 했다. 그의 나이 벌써 72세, 이 당시로서는 매우 장수한 편이었다. 그의 또래 지인 중에도 살아 있는 사람은 몇 명 되지 않았다.

'벌써 은퇴하고도 남았을 나인데, 칠순이 넘도록 군대를 지휘해 본 적도 없는데, 고려군을 이끌고 결국 나라의 운명을 건 전투까지 치르게 된다니 말이야. 운명이란 건 참 얄궂다니까.'

강감찬은 이 나이에 이런 일을 겪을 줄, 과연 언제 알았을지 몰랐다. 하지만 어떻게 보면 이미 예정된 수순일 수도 있었다.

'벌써, 10년쯤 전이구나. 은퇴해야지 하고 있었는데 말이

야. 그 만남이 나를 지금 여기로 데려온 건가?'

무예 실력도 뛰어나지 않고 전장 경험도 없는 그에게 상원수라는 직책을 맡긴, 황제가 떠올랐다.

'그래, 오늘 나는 우리 군대와 우리나라의 운명을 함께 할 것이다! 나를 믿고 고려의 군대를 몽땅 몰아주신, 폐하를 위해서도!'

"자네, 적장 소배압(蕭排押)이 어떤 사람인지 알지?"

갑자기 강감찬이 강민첨에게 물었다.

"그야, 26년 전(993)에 우리나라에 쳐들어왔던 그, 소손녕(蕭遜寧)의 형 아니옵니까."

강민첨이 갑자기 무슨 말이냐며 말했다.

"그래, 벌써 26년이야. 26년. 나도 편하게 노년이나 보낼 거로 생각하고 있었는데, 그러고 보니 소배압 저자도 9년 전(1010) 자신들의 왕을 모시고 왔다네. 거란 조정은 소 씨 세력이 워낙 강하니 말일세. 그게 그 소태후(공식 명칭은 예지황후睿智皇后) 때문 아닌가. 거란 왕의 어머니 말일세. 수렴청정을 하긴 했지만, 워낙 여걸이라 전장에까지 직접 갔다지?"

"아니, 갑자기 적을 앞두고 무슨 말씀이시옵니까?"

강민첨은 놀라며 물었다.

"26년일세, 고려와 거란의 악연 말일세. 오늘 반드시 끊어

낼 것이야!"

부웅-소리가 났다. 공격 신호를 나타내는 나팔 소리다. 곧 거란 기병이 넓게 진을 편 채 움직이기 시작했다. 전투의 시작이다.

거란 기병은 멀리 떨어진 채 번갈아 가며 활을 쏘았다. 북풍이 화살에 힘을 실어준 만큼 그 사정거리도 늘어났으므로, 고려군으로서는 활도 쏘지 못하고 방패를 든 채 막을 수밖에 없었다.

"쇠뇌를 쏴라!"

강감찬의 지시에, 보통 활보다 훨씬 강한 쇠뇌가 발사되고 거란 기병 몇 명이 쓰러졌다. 하지만 쇠뇌의 수가 그리 많지 않아 큰 타격은 없었고, 거란 기병은 곧 창과 칼을 든 채 돌격하기 시작했다.

"검차 앞으로!"

강감찬의 명령이 떨어짐과 동시에 궁수들은 뒤로 빠지고, 검차가 앞으로 나갔다. 검차는 수레 위에 방패를 세우고, 앞면에는 창을 빽빽하게 달았기 때문에 위에서 보면 양날의 검처럼 보였다. 기병을 상대하는 데 가장 좋은 무기였다.

검차가 앞으로 나가고 그 빈틈은 장창을 든 군사들이 막았다. 귀주성 앞 벌판은 그리 넓지 않았기에, 기병이 본진의 측면으로 돌아서 치기는 곤란했다. 그러니 정면으로 돌파하는 방법이 상책이었다. 검차 뒤에서는 궁수들이 쉴 새 없이 활을 당기고 있었다.

거란군의 기세가 워낙 거세어 언제 본진이 뚫릴지 몰랐지만, 강감찬은 두 가지 수를 준비하고 있었다.

'그래, 조금만 버텨라! 오늘 우리는 이긴다!'

강감찬의 머릿속에서는 그 와중에도 별별 생각이 오가고 있었다. 특히 무엇보다도, 자신을 믿고 모든 것을 맡겨준 황제가 먼저 떠올랐다.

거란군이 처음으로 왔을 때 단번에 소탕할 수 있었다면 좋았으련만, 처음에 흥화진에서 벌인 수공 작전은 그리 큰 타격을 주지 못했다.

적들은 고려의 최전방인 강동 6주의 성들을 하나하나 격파하지 않고, 고려의 도성인 개경으로 단번에 공격해 갔다. 그들이 발해를 멸했을 때 썼던 방법이다. 기병이 대부분이라 빠른 기동력으로 단숨에 진격할 수 있었다.

강감찬은 우선 병마 판관 김종현(金宗鉉)에게 1만의 기병을 데리고 그들을 쫓으라고 명했지만, 그들만으로는 부족했다. 무슨 일이 생기면 전군을 이끌고 개경으로 돌아가야 할지도 몰랐으나, 다행히 개경 근처에서 벌어진 금교역 전투에서 거란의 선발대는 고려군에게 패했다. 거란군은 보급도 여의찮고 좀 있으면 봄이라 얼어붙은 강물이 녹으면 돌아갈 길도 막히게 될 판이었다.

거란군은 퇴각 중이었고, 이제 강감찬은 그들을 소탕해야
했다.

처음에 황제가 그에게 상원수의 지위를 맡겼을 때, 대신들
은 물론 강감찬 자신도 반대할 정도였다. 앞서 언급했듯 그
는 노인이고 볼품없는 외모의 소유자인데다, 전장에는 나가
본 적도 없었다.

모든 대신들의 반대에도 불구하고 그에 대한 황제의 믿음
은, 그 모든 점을 다 극복할 수 있게 해 주었다. 그러니 이번
싸움에서 반드시 이겨야만 했다. 아니, 그냥 이기기만 할 수
는 없었다. 그들이 다시는 고려를 넘볼 생각조차 할 수 없을
정도로 완전히 이겨야만 했다.

"그러고 보니, 은퇴를 생각할 때가 되면 늘 이런 일, 저런
일이 일어나곤 했으니 내 인생도 참 이상하네."

쓴웃음이 나왔다.

"내가 그때, 사람을 보는 눈이 틀리지 않은 게 얼마나 다
행인가. 아니, 그래도 진짜 시작은 그보다도 전이었지? 허허
허."

2. 아침의 소동

"휴."

강감찬은 한숨을 쉬었다. 이제 글을 완성했다.

"내가 벌써 환갑이구나."

올해(1008)도 벌써 막바지에 와 있었다. 세월은 정말 빨랐다.

강감찬은 환갑을 맞아 휴가를 내고 고향인 금주(오늘날 서울 금천구와 관악구, 경기도 시흥 일대)에 있는 자기 집에 돌아와 있었다.

휴가 기간도 이제 거의 다 되어 가는데, 그가 방금 쓴 글은 사직서였다.

"그래, 이제 나이도 있고, 우리 집안 땅을 관리하는 것만도 힘에 부치니 말이야. 솔직히 인수인계할 것도 별로 없으니 서찰로만 써도 되겠지."

그는 고려 개국공신 중 한 명인 강궁진(姜弓珍)의 아들로서, 5대째 금주에서 살고 있었다. 본관은 진주였지만 그 때문에 금주 강 씨라 불리기도 했다.

그는 가만히 앉아서 그동안의 삶을 돌이켜 보았다. 출신 성분은 분명히, 그도 호족이었다. 하지만 과거 급제를 하였고 조정의 관리로 지금까지 재직 중이었으니 문벌 귀족이기도 했다. 고려 건국 이후 역대 황제들은 모두 각 지방 호족들의 세력을 누르는 데 힘써 왔고 자신도 거기에 참여하기도 했다.

그런 일을 지금 생각해야 하는 이유는 따로 있었다. 조정은 호족과 문벌 귀족들의 세력 다툼으로 인하여 꽤 시끄러웠기 때문이다. 자신이야 은퇴하면 그만이지만, 아들이나 손주들이 선을 잘못 대거나 하면 위험해질지 몰라 걱정되었다.

그는 하늘을 보았다.

'내가 태어나던 날에, 하늘에서 별이 떨어졌다지? 문곡성(文曲星)이 말이야.'

문곡성은 북두칠성 중 네 번째 별로서 학문을 관장하는 별이다. 하지만 자신의 인생을 생각하면, 그런 별과는 관련이 없다고 하는 편이 옳았다.

그는 과거에 장원급제하기는 했지만, 35세에 했으니 꽤 늦은 나이였다. 그리고 그 뒤로는 20년 가까이 각 지방을 돌며 수령 노릇을 하면서 지냈으나 하는 일이라고는 호족들과 다투는 게 거의 전부였다고 해도 과언이 아니었다.

신라의 도성이었던 동경(경주)에 가서는 개구리 울음소리가 워낙 요란하여 잠을 잘 수 없다는, 말도 안 되는 민원을 해결하는 일까지 맡았고 그 외에도 곳곳마다 호족들이 텃세를 부리는 바람에 일을 진행하는 데도 많은 어려움을 겪었다.

그는 쓸쓸하게 웃었다. 그는 어렸을 적 마마(천연두)를 앓았다가 다행히 목숨을 건졌지만, 대신 그 달덩이 같던 얼굴이 두꺼비처럼 울퉁불퉁해졌다고 들었다. 아니, 이제는 달덩이였던 시절이 있었을까 하는 생각도 나지 않았다.

"언제 또 북풍이 불지 모르네."

그는 북쪽을 보았다. 그의, 아니 전 고려인의 가장 큰 걱정거리는 그쪽에 있었다. 북풍 부는 계절이 되면 고려 사람들은 모두 근심이 가득한 얼굴로 그쪽을 볼 수밖에 없었다.

고려 북쪽에는 유목민족이 세운 국가인 거란이 있었다. 요나라라고 하기도 했지만, 민족의 이름을 따 거란이라고도 불렸다. 야율아보기라는 자가 거란 부족을 통합한 뒤 고려 태조 9년(926)에 북방의 국가인 발해를 멸했고, 중원 황하 북부 대부분을 점령하는 대국을 세웠다. 그 무렵 고려는 남방의 후백제와 싸우느라 그때 개입하지도 못했지만.

거란이 노리는 것은 중원 남방의 송나라였다. 그 때문에 그들은 배후의 위험을 없애고자 먼저 고려에 침입해 왔다. 그게 벌써 15년 전(993)이었다. 그때는 서희(徐熙)가 외교적으로 성과를 내어 적의 침략을 막고 압록강 어귀의 강동 6주까지 영토를 확보하여 강감찬도 매우 감탄했다. 하지만 그도 지금은 이 세상 사람이 아니다.

천고마비(天高馬肥), 즉 하늘은 높고 말은 살찐다고 한다. 하지만 좋은 뜻은 아니었다. 하늘이 높은 계절인 가을이 되면 잘 먹여 살찌운 말을 탄 유목민들이 달려와 기껏 키운 곡식을 약탈해 가는 때임을 말하기 때문이다.

요즘처럼 압록강이 얼어붙으면 거란군이 또 언제 그 위를 건너서 고려를 침략해 올지 모르니, 모든 백성은 겨울이 되면 추위보다도 적에 대한 두려움으로 더 떨곤 했다.

그보다도 더 큰 문제는 외부가 아니라 내부에 있었다. 조정의 상황은 점점 악화되고 있었으며 잘못하면 사직이 흔들릴 수도 있었다.

그는 다시 한번 심호흡했다. 다행히 아직은 거란이 딱히 큰 공격을 하고 있지는 않으나, 언제든 올 수 있었다.

"나리!"

갑자기, 청지기의 목소리가 들려왔다.

"무슨 일인가?"

"나리를 뵙고 싶다는 분이 왔사옵니다!"

"지금 누구라고 했나?"

"양주 호족 김웅 공의 아우, 김현 공이라고 하옵니다!"

"누구?"

김웅 공은 강감찬과는 그리 좋은 사이가 아니었다. 그런 그의 아우가 이른 아침에 여기까지 직접 오다니, 이상하다는 생각이 들었다.

"아니, 기별도 없이 이른 아침에 무슨 일인가?"

"잘못하면 양주 지방 호족이 모두 대역죄인이 될 수도 있는 일이니 직접 만나서 이야기해야 한다고 하시옵니다."

"대역죄인?"

죄 중에도 가장 큰 죄가 대역죄인 만큼, 강감찬은 조금 놀랐다. 하긴 그러니 이른 아침에 온 것일 수도 있었지만.

"우선 사랑방으로 드시라 하게! 내가 곧 옷을 갈아입고 갈 테니까, 날도 추운데 몸 좀 녹이고 계시라고 하게!"

"예, 나리! 사랑방에 군불을 지피고 화로를 준비해라!"

이른 아침부터 무슨 일인가 했는데, 강감찬은 아직 잠옷 차림이었기 때문에 평상복으로 갈아입은 후 방을 나섰다.

"꺄악!"

갑자기 비명이 울려 퍼졌다.

"불이다, 불!"

"이, 이봐요!"

"뭐 하시는 겁니까!"

강감찬이 사랑방 쪽으로 가니, 집안의 종들이 우왕좌왕하고 있었다.

"저리 가! 저기! 나리!"

"자네 뭐 하나? 나 여기 있다네!"

"나리, 오지 마십시오! 뭣들 하느냐? 저 어른 꽉 붙잡아!"

강감찬이 가려 하자, 청지기가 막아섰다. 무슨 일인가 하고 보니, 김현이 귀신이라도 본 얼굴로 이리저리 날뛰고 있었다.

"으, 으악!"

건장한 종 두 명이 양쪽에서 김현의 팔을 꽉 잡았지만, 그는 믿어지지 않는 힘으로 그것을 뿌리쳤다.

"오지 마! 오지 마!"

김현은 그 자리에서, 마당에 있던 절굿공이를 들어 휘두르기 시작했다. 강감찬이 알기로 그는 매우 점잖은 사람인데, 갑자기 저러다니 알 수 없었다.

"아니, 저 사람 왜 저러나?"

"모르옵니다! 갑자기…!"

김현이 절굿공이를 휘두르자, 다른 종들도 쉽게 다가설 수 없었다.

"나리, 들어가십시오!"

청지기가 말했다. 순간, 김현은 뒤를 보았다. 몸 좀 녹이라고 가져온 놋화로가 있었다.

"불, 불이다! 내 몸에 불이 붙었어!"

"아니, 저 친구 뭐 하는 거야?"

화로는 한참 멀리 떨어져 있었다. 사람들이 뭐라 하기도 전, 그는 절굿공이를 정확히 강감찬 쪽으로 확 던졌다.

"나리!"

그때, 뭔가가 강감찬의 옆에서 휙 날았고 거의 동시에 절굿공이가 두 조각이 나고 말았다.

"아버지, 괜찮으십니까? 저자는 누구입니까?"

웃옷을 벗은 채 목검을 든 남자가 말했다. 그는 조금 전까지 추운 날씨에도 수련하다가 온 듯 몸에서 김이 나고 있었다. 그는 곧 목검을 김현 쪽으로 돌렸다.

"감히 우리 아버지에게 절굿공이를 던져? 단번에 박살을 내어 버리겠사옵니다!"

"아니다!"

강감찬은 낮지만, 확실히 말했다.

"다치지 않게 제압해라!"

"으악!"

순간, 김현은 달려오는 종들을 확 밀어붙이고 밖으로 달려 나가기 시작했다.

29

"잡아라!"

강감찬의 아들이 앞장서서 그를 쫓았다.

얼마 후였다. 아들은 터덜터덜 집으로 돌아왔다. 강감찬이
물었다.

"무원아, 어떻게 되었느냐?"

"그 사람이 봉천에 뛰어들었사옵니다. 종들더러 시체 수습
해 오라고 했고 저는 먼저 돌아왔사옵니다."

무원은 고개를 저었다. 봉천은 그리 깊지도 않은데다 군데
군데 얼어 있었기에 이 계절에는 더 위험했다. 김현은 그대
로 물에 뛰어들었다가 바위에 머리를 부딪쳤고 즉사하고 말
았다.

"아니, 아침부터 이게 무슨 난리냐?"

강감찬은 청지기 쪽을 보았다. 종들이 곧 시체를 가마니에
싸서 들고 왔다.

"이런."

여종들은 모두 나와 볼 생각도 하지 않았고, 강감찬은 시
체를 보자 눈이 저절로 찌푸려졌다. 머리가 완전히 깨져 있
었다. 봉천 바위도 틀림없이 붉은 물감을 뿌린 듯할 것이다.
거기다 추운 날씨 때문에 깨진 머리에서 아직 김까지 나고
있었으니 더욱 끔찍했다.

"거참."

"왜 미친 사람을 들였나? 아버지가 맞을 뻔하시지 않았나! 아버지가 해를 당했으면 너희들도 이 절굿공이처럼 되었을 것이야!"

무원이 종들을 향해 거친 목소리로 말했다. 묵직한 절굿공이는 목검에 맞았는데도 두 동강이 나 있었다. 진검이었다면 틀림없이 도마 위의 생선처럼 깔끔하게 잘렸을 것이다. 그의 칼 솜씨를 익히 알고 있는 종들은 움찔했다.

"아까까지만 해도 멀쩡했사옵니다. 아침부터 급한 일이 있다고 찾아올 때부터 이상하다고는 생각했는데!"

청지기가 약간 주눅 든 얼굴로 말했다. 그러자 강감찬이 말했다.

"헌데, 나를 직접 만나야 한다고 했다고?"

"그렇사옵니다."

"주머니를 뒤져 보게! 말도! 뭔가 들고 왔을지 모르네!"

강감찬이 말했다. 아침부터 이게 무슨 일인지 알 수 없었다. 청지기는 끔찍한 시체를 보기 꺼려했으나 주머니를 뒤져 보았다.

"서찰은 없는 것 같고, 아니?"

청지기의 눈이 휘둥그레졌다.

"왜 그러나?"

"나리, 이거 좀 보십시오!"

순간, 강감찬과 무원의 눈도 커다래졌다. 청지기의 손에서 노란빛이 났다.

"아니, 그, 금덩어리 아니옵니까?"

무원이 한마디 했다.

"아버지, 아는 사람이옵니까?"

"양주에서 제일가는 호족 중 한 명인 김웅 공이라고 아느냐? 그 아우인 김현 공이다."

"양주 목사 하시던 시절이면 거의 10년쯤 되지 않았사옵니까?"

"이상하구나. 설마 김현 공 정도 되는 사람이 집에서 금 한 덩어리를 훔쳐서 달아나는 길이었을 리는 없고, 그랬으면 내게 찾아왔을 리도 없는데…?"

강감찬은 사랑방 안으로 들어가 보았다.

"아니, 이건 뭔가?"

방 안에는 화로가 있었다. 그런데 뜻밖에도 바닥에 굴러다니는 술병이 눈에 띄었다.

"누가 김 공에게 술을 줬느냐?"

"아니옵니다! 부엌데기 시켜서 차를 준비하라고 했사옵니다."

"그래? 김 공이 그런데 왜 갑자기 난동을 피웠나?"

"명하신 대로 화로를 준비해 갔는데, 그 손님이 갑자기 집에 불이 났다고 하면서 밖으로 뛰어나오지 뭡니까, 잘못하면 정말 불이 날 뻔했사옵니다!"

청지기가 말했다. 다행히 화로가 엎어지지는 않았다.

"흐음!"

강감찬은 바닥에 엎어진 술을 살펴보았다.

"나리, 치우겠사옵니다!"

청지기가 왔으나, 강감찬은 손을 저었다.

"아닐세. 좀 살펴보고 치우세!"

이런 일은 관에서 해결해야 했으나, 금주에는 아직 목(牧, 고려 조정에서 지방을 통치하기 위해 설치한 행정구역)이 설치되지 않았으므로 호족이기도 한 자신이 관리해야 했다.

좌우간, 강감찬은 쏟아진 술과 술병을 보았다.

"이 술병 어디에 있었나?"

"보지도 못했사옵니다."

부엌데기까지 불러서 물었으나, 그녀도 그날 아침에는 술을 보지도, 만지지도 않았다고 했다.

"그렇다면 어떤 녀석이 우리 집에 슬쩍 들어와서 종인 척하면서, 김현 공에게 술을 준 건가?"

강감찬은 이상하다는 생각이 들었다. 김현이 직접 가져온 술일 수도 있지만 이른 아침에 이렇게 갑작스럽게 올 정도로 급하고 중요한 일인데, 술을 먹고 대화를 할 리가 없었다.

강감찬은 바닥에 쏟아진 술을 자세히 보았다.

"이거 원, 내가 노안이라 잘 보이지 않으니 무원이 네가 좀 와서 봐라. 건드리지는 말고!"

무원은 바닥에 거의 코를 대다시피 하면서 술을 살펴보았다.

"새까만 가루 같은 게 있사옵니다."

"그래?"

"네가 차를 가져다드리지 않았느냐?"

청지기가 여종 한 명을 불러 말했다. 그녀는 차마 가마니에 싸인 시체를 보지도 못한 채 말했다.

"그랬사옵니다! 허나, 쇤네가 들어가려고 하니까 손님이 확 뛰어나오시길래, 그릇만 깼사옵니다!"

그녀는 바닥에 떨어져 깨진 찻잔 조각들을 가리키며 말했다.

"그때, 그 방에 술이 있었느냐?"

강감찬이 물었다.

"모르옵니다! 정신이 없어서!"

"나리!"

뒤에서 다른 종이 말했다.

"무슨 일인가?"

"그러고 보니, 그분이 들어온 다음에 쇤네가 그분의 말을 매어놓으려고 했는데, 다른 사람이 와서 자기가 그분의 종이라며 자기가 매겠다고 했사옵니다."

"그래? 들여보냈나?"

"그랬사옵니다. 손님은 사랑방에 가셨고, 그 사람은 종이라고 했으니 행랑방으로 가라고 했사옵니다."

"그 사람은 어디 있나?"

"모르겠사옵니다. 아! 그러고 보니 저 술병, 그 사람이 들고 있었사옵니다!"

"그래? 그렇다면 그자가 한 게 분명하다! 무슨 차림이었나?"

"추워서 그런지 몸을 다 꽁꽁 싸매고 있어서 얼굴은 잘 보지 못했사옵니다. 키는 무원 도련님이랑 비슷할 만큼…, 아, 그보다는 조금 작았사옵니다."

종은 무원의 눈썹 정도 높이를 가리키며 말했다. 그 정도면 작은 키가 아니었다.

"이런, 그렇다면 벌써 도망간 건가?"

"아니, 종이라 했다고 함부로 들여보내면 어떻게 하나? 그 손님에게 데려가서 확인이라도 받았어야지!"

무원이 말하자, 종들 모두 할 말이 없어졌다. 잠시 후 그가 강감찬에게 물었다.

"헌데 이상하옵니다! 그렇게 사람에게 광증이 들게 하는 약이라도 있사옵니까?"

"그건 모르겠다."

강감찬은 잠시 생각한 뒤, 방으로 돌아가 다시 붓을 들었다.

"그런데 이거 어떻게 하옵니까? 양주 호족들에 알려야 하옵니까?"

무원이 물었다.

"그야, 알려야지. 시체도 수습하라 하고."

"뭐라고 하옵니까?"

"사실대로 말해야지."

강감찬은 무덤덤하게 말했으나 골치가 아파졌다. 김현 공 정도 되는 사람이 여기에서 죽었다면 양주 호족들이 문제 삼을 수 있었다. 자신은 그들과 껄끄러운 사이였기 때문에 더 그랬다.

그날 저녁, 김웅 공이 직접 한강을 건너 도림천 나루터까지 왔다.

"아니, 어떻게 이런 일이!"

김웅은 김현의 시체를 확인한 뒤 애써 비통함을 감추다가, 강감찬 쪽으로 고개를 돌렸다. 마치 그의 탓이라도 되는 양.

"대체, 어떻게 하다가 이런 참변이 생긴 것이오?"

"모릅니다. 아침에 갑자기 우리 집에 왔는데 이 사람과는 이야기도 하지 못했소."

강감찬은 아침에 일어났던 일을 간단히 설명했지만, 김웅은 고개를 저었다.

"갑자기 아우님이 여기 온 이유를 아십니까?"

"모르오. 이 녀석이 왜 호위무사도 종도 없이 홀로 왔겠소? 그런데, 정말로 아우가 여기서 죽은 게 맞소?"

"혹시, 이 사람이나 우리 집의 사람들을 의심하시는 겁니까?"

강감찬은 강하게 나가기로 했다. 김현은 잘못하면 양주 호족 모두 대역죄로 몰릴 수 있다고 했는데, 그 정도의 일이라면 김웅이 직접 왔을 것이다. 아무래도 김현이 자기 형과 무슨 문제가 있는 게 분명했다.

"아니, 아무리 생각해도 멀쩡하던 녀석이 왜 갑자기 여기서 광증을 부리다가 죽습니까? 아우가 강 공이랑 무슨 이야기를 했는지 말씀해 주셨으면 합니다."

김웅이 데려온 호위무사들의 눈매가 사나워졌다. 무원은 심상찮음을 느끼고 자신이 나서려 했다.

"아버지가 오히려 위험하셨…!"

"가만있어라."

강감찬은 낮게 말했다.

"정 우리가 수상하다고 생각하신다면, 조정이나 양주 관아에 알려서 정식으로 재판을 요청하십시오. 여기서 호족끼리 싸움이 붙었다고 하면 황제 폐하께서 절대로 좋게 보시지 않을 겁니다."

"좋소. 여봐라! 시신을 잘 수습하라!"

앞서 언급했듯, 강감찬과 김웅은 편하다고는 할 수 없는 사이였다. 강을 가운데 두고 양쪽에 있는 호족이기도 했지만, 강감찬이 양주 목사로 근무했던 적도 있는데 그는 각지의 지방관을 역임하는 동안 왕권 강화를 위해 그곳의 호족들과 여러모로 마찰이 있었다. 양주에서도 물론 예외는 아니었다.

3. 모임

며칠 후, 강감찬은 무원만을 데리고 양주로 갔다. 그래도 예의상 조문은 해야 했기 때문이다.

"날이 꽤 춥사옵니다."

무원이 말했다.

"그러게 말이다."

겨울이라 길가와 산의 나무들은 가지만 앙상하게 드러나 있었다.

"김현 공이 왜 이른 아침에 종도 없이 혼자 우리 집에 왔는지, 아무리 생각해도 모르겠사옵니다."

"나도 그렇게 생각한다."

강감찬이 사람을 풀어 조사해 본 결과, 김현은 양주에 있는 자기 집에서 전날 종 한 명 없이 혼자 말을 타고 왔으며 새벽에 뱃사공에게 웃돈까지 얹어 주고 한강을 건넜다.

"혹시, 김웅 공이 재산 문제 같은 것 때문에 동생을 죽인 건 아닐까 모르겠사옵니다."

"그럴 일은 없을 것이다. 재산도 형이 동생보다 훨씬 많은 데 말이다. 거기다 김웅 공에게는 아들이 없어서 그 아우만 이 계승자다."

강감찬의 아들과 손자들은 모두 지방에서 벼슬살이하거나, 개경으로 공부하러 갔기에 무원만이 그의 옆에 있었다. 물론 그도 과거를 준비하고 있다는 사실은 같았지만.

"그런데 아버지, 이렇게 우리끼리만 와도 되옵니까? 그쪽 에서 뭔가 심각한 일이라도 생기면 어떻게 하옵니까? 그 호 위무사들도 살벌하던데."

무원이 물었다.

"뭐, 심각한 일이라도 생기겠느냐. 호족 간에 싸움이 나면 황실에서 큰 문책이 있을 것이다."

강감찬은 간단히 대답하고는 말을 몰았다. 물론 그로서도 이번 일이 가볍게 여겨지지는 않았지만, 굳이 티를 내지는 않았다.

곧, 이들은 어느 큰 집을 지났다. 양주 땅에서 김웅의 웅장 한 저택을 찾기는 어려운 일이 아니었다.

"여기는 하나도 변하지 않았구나."

강감찬은 씩 웃었다. 이들이 가는 곳은 그곳이 아니라 김현의 집이었다.

"저기가 김현 공의 집이다."

김현의 집은 그 형의 집과는 확실히 차이가 날 정도로 작은 규모였다.

"김현 공은 아들이 있기는 한데 내가 알기로 이제 열 살 정도 됐을 거다. 참, 그 나이에 아버지가 없다니 안 됐구나."

강감찬은 자신도 상당히 늦둥이였고 그 때문에 어려서 아버지를 여의었기 때문에 알 수 있었다.

김현의 집 마구간에는 이미 많은 호족의 말들이 있었다. 다들 조문객의 것이다. 강감찬과 무원은 간단히 문상을 마치고 나왔다.

"아니, 나리 아니십니까?"

뒤를 돌아보자 순간, 강감찬에게도 무원에게도 낯설지 않은 얼굴이 있었다.

"아니, 자네가 무슨 일인가?"

그는 무관인 박재훈으로서, 서북면 도순검사 강조(康兆)의 휘하에 있었다.

"저는 휴가를 받았는데, 이번에 도순검사께서 김웅 공에게 서찰을 전해 달라고 하셔서 왔습니다."

"지금 신분은 어떤가?"

"낭장(정6품 무관직, 200명 정도를 지휘했다)이옵니다. 무원이 아닌가? 너도 같이 온 것이냐?"

"아버지 모시고 왔사옵니다. 사형."

무원이 대답했다. 박재훈은 그의 동문 사형으로서, 어렸을 적 양주에서 함께 무술을 배우기도 했다. 나이는 그보다 열 살이 많았다.

"갑자기 이게 뭔일인지…, 그리고 김웅 공이 말입니다. 문상을 마치고 자기 집에서 쉬었다가 가라고 했습니다. 강 공도 초대받으셨습니까?"

"아, 물론일세."

4대 황제인 광종은 중앙집권을 위해 호족들을 무자비하게 숙청했고, 그 뒤 그들은 따로 모이기만 해도 의심을 사기도 했다. 그 때문에 호족들은 장례식이나 혼례식 등, 그도 아니면 무슨 명분으로든 잔치를 열든지 해야 모일 수 있었다.

"어디서 오셨사옵니까?"

청지기가 나오며 물었다.

"금주에서 온 강감찬이라고 하네. 주인께 그렇게 전해 주게."

무원은 말에서 내려 청지기에게 초대장을 내밀었다. 그는 잠시 들어갔다가 다시 나왔다.

"들어오시랍니다."

뜰에 들어서니 종들이 손님 준비로 바삐 오가는 모습이 보였다.

"아니, 강감찬 공 아니시오! 어서 오십시오. 강 공께 우선 방을 안내해 드려라. 우선 여독부터 푸시고 자세한 이야기는 나중에 합시다."

"이리 오시지요."

종이 말했다. 김웅의 저택에는 호족들이 묵을 만큼 좋은 방은 많았다.

"여기는 하나도 변하지 않았네."

"김웅 공은, 과거에 큰 공을 세웠다 들었사옵니다."

무원이 말했다.

"너도 잘 알지 않느냐. 안융진에서 있었던(993) 거란과의 전투 말이다. 그때 적군 배후를 기습해서 큰 전과를 올린 사람이 김웅 공이다."

"그렇사옵니까?"

무원은 아까부터 집안을 두리번거리고 있었다.

"김현 공의 죽음에 대한 책임을 우리에게 묻거나 한다면, 스스로 호랑이 굴에 들어온 거 아닌지 모르겠사옵니다."

"그렇다고 김웅 공이 여기서 우리를 죽이지는 않을 테니 너무 염려 마라."

"그게 무슨 말씀입니까? 김현 공의 죽음에 대한 책임이라 니?"

갑자기 박재훈이 물었다.

"그럴 일이 좀 있다네."

무원은 뒷간에 가고 싶다며 방을 나섰고, 강감찬은 박재훈에게 몇 가지 설명해 주었다.

무원은 슬쩍 나온 뒤 집안을 좀 살펴보기로 했다. 돌아다니다가 그만 안뜰 쪽으로 가고 말았다.

"응?"

누군가가 분주하게 몸을 놀리고 있었다. 작은 나무에 가려져 잘 보이지 않았는데, 가끔 칼 두 자루가 춤을 추듯 움직이고 있었다.

"휴우~!"

높은 목소리가 들렸다. 그쪽에 서 있던 사람은 남자가 아니고 여자였다. 무원은 호기심이 생겨 그쪽으로 슬쩍 가 보았다.

순간, 그의 눈이 거대해짐과 동시에 그의 심장은 격렬하게 수련했을 때보다도 더 요란하게 뛰기 시작했다. 그만큼 그녀의 미모는 그를 잡아끌었다.

옛이야기에 따르면 월나라 제일의 미녀였던 서시는 병이 있어 아픔 때문에 얼굴을 늘 찡그리고 있었지만, 그 모습조차 아름다워 여자들 모두 찡그리고 다니는 게 유행이 되었다

고 한다. 무원의 앞에 있는 그녀 역시 즐거운 얼굴은 아니었
지만, 그 표정조차 아름답다는 느낌이 들 정도였다.

그럴 뿐만 아니라, 그녀는 이 겨울에 나비가 나는 것처럼
보일 정도로 가볍게, 사뿐사뿐 걸음을 밟고 있었지만, 그 칼
에서는 강한 힘이 느껴졌다.

무원은 자신도 밥 먹고 무술 연마만 한 만큼 느낌이 왔다.
기생들이 추는 검무와는 달리, 그녀는 제대로 검술을 익힌
게 분명했다. 그때, 저쪽에서 다른 여자가 나타났다.

"아씨, 온종일 하셨는데 괜찮으시옵니까?"

"이것도 다, 숙부님이 알려주신 것이다!"

그녀의 두 손에는 칼이 하나씩 들려 있었다. 그것도 나무
가 아니고 진검이었다.

"어머?"

순간, 여자의 눈이 무원과 마주치고 말았다.

"당신, 누구요? 왜 남의 집 여식을 훔쳐보고 있소?"

"아니?"

"누구신데 이런 무례를 범하시옵니까? 손님이시옵니까?"

"아니, 무원아!"

무원이 뒤를 돌아보니, 강감찬이 어느새 나와 있었다.

"무슨 일이냐?"

"아니, 아버지, 뒷간을 찾아다니다가 저 아가씨가 검술 연

습을 하고 있어서 조금 봤사옵니다."

"아니, 너, 다휘 아니냐?"

강감찬이 말했다. 그러자 다휘의 눈이 커졌다.

"어머나, 강 목사 나리 아니세요?"

"그래. 기억하는구나. 하하하, 그때는 꼬맹이였는데 벌써 이렇게 컸구나!"

10년 전, 강감찬이 양주 목사를 할 때 김웅의 외동딸인 다휘를 만난 적이 있다. 그녀 역시 금방 그를 알아볼 수 있었다. 그의 외모가 워낙 눈에 띄었기에(물론 좋은 의미에서는 아니다) 기억에 남았다.

"여긴 어인 일로 오셨사옵니까?"

"뭐, 조문도 하러 왔고 거기다 너희 아버님이 호족들에 대접한다고 해서 왔다. 그리고 이 녀석은 내 아들이다. 데려오긴 했는데 너한테 무슨 결례라도 저질렀느냐?"

"결례라니요, 아씨는 왜 그러시오? 검술 연습이 부끄럽소? 내가 무슨, 목욕하는 거 훔쳐보기라도 했소?"

무원은 왜 그러냐는 투로 말했다.

"여자들은 모두, 뭘 하든 남자가 몰래 쳐다보는 걸 싫어하기 마련이다. 미안하다고 하거라."

"아드님이라고요?"

다휘는 강감찬과 무원을 번갈아 보며 의아함을 감추지 않았다. 하긴 그럴 만했다. 강감찬은 키도 작고 여윈데다 얼굴은 곰보투성이라 추남 중의 추남으로 불리고 있는데, 무원은 멀리서도 눈에 확 띌 만큼 키도 훤칠하고 옷으로도 쉽게 가려지지 않을 만큼 근육질의 몸에, 얼굴도 훤하게 잘생겼기 때문이다.

"그런데, 너도 검술을 익히고 있느냐?"

"그렇사옵니다. 언제 거란이 다시 쳐들어올지 모르기 때문에 아녀자들도 간단히 호신술이라도 할 수 있도록 했사옵니다. 숙부님이 검술도 다 가르쳐 주셨는데…!"

다휘의 눈에서는 눈물이 흘러내렸다. 숙부와 꽤 친했던 모양이다.

"쌍검을 쓸 수 있다면 호신술 수준은 아니로구나. 칼도 꽤 비싸게 주고 맞춘 것 같은데?"

강감찬은 다휘가 들고 있던 쌍검을 보며 말했다. 날이 한 척 반(약 45cm)이 좀 넘어 보이는 길이의 칼에 손잡이에는 꽤 현란한 무늬가 새겨져 있었다. 그녀는 그제야 칼을 칼집에 꽂았다.

"그저 흉내나 내는 정도이옵니다. 아! 그리고 목사 나리께서 선물하신 장도(휴대용 칼, 은장도라고도 한다)도 아직 간직하고 있사옵니다."

다휘는 칼집에 장식이 된 장도를 꺼내 보였다.

"그런 걸 다 간직하고 있었느냐."

"이봐요, 거기로 가면 어떻게 하오?"

갑자기, 다휘의 몸종이 다른 곳을 향해 외쳤다.

"아, 저택이 넓어서 몇 번을 와도 헛갈리네. 나가는 길 저쪽 아니오?"

그쪽을 보자, 강감찬과도 비슷할 정도로 키가 작은 남자가 한 명 보였다. 그는 조금 헤매다가 밖으로 나갔다.

"의원이냐?"

"어머, 어찌 아셨사옵니까?"

"여자들 머무는 곳에 남자가 드나든다면, 왕진 온 의원일 확률이 높지."

"그렇사옵니다. 발해인인데 꽤 뛰어나다고 하옵니다! 어머니가 요즘 고뿔(감기)이 좀 심하다고 하셔서 왔사옵니다."

"저런. 우환이 있는데 이런 일까지 나다니."

"여기 계셨사옵니까?"

종이 다가왔다.

"아, 그래!"

"호족 분들 다 모여 계시옵니다. 쇤네를 따라오십시오."

이들은 모두 큰 방으로 안내되었다. 이미 양주 일대 호족들이 모두 모여 있었다. 김웅은 강감찬에게 자리를 권했다.

강감찬은 김웅은 물론, 그들과도 그리 좋은 사이가 될 수 없었다. 앞서 언급했듯 자기 자신도 금주 지방의 호족 출신이었다. 하지만 그 길보다는 과거를 통한 문벌귀족이 되었고 황권 강화에 힘썼으니, 다른 호족들로서 그를 좋게 봐줄 수가 없었다.

물론, 강감찬은 여기 모인 사람들이 무엇을 바라는지 알고 있었다. 김웅은 양주에서 가장 유력한 호족이지만 아들이 없고 계승자라 할 만한 아우도 이번에 잃었다. 따라서 누구든 그와 사돈을 맺는다면 나중에 이 부유한 땅인 양주를 가질 수도 있을 것이다. 더욱이 다휘는 양주에서도 손에 꼽히는 미녀이기까지 하니 더 그렇다.

"다들 바쁘실 텐데, 이 사람의 미욱한 아우의 장례식에 와 주셔서 정말 감사하오. 금주로 가던 도중 낙마를 할 줄 누가 알았겠소."

김웅은 한숨을 푹 쉬며 말했다. 무엇 때문인지 몰라도 그는 상석을 비워 둔 채 앉아 있었다. 누군가가 온다는 뜻이다.

"사람 목숨이란 게 정말 알 수 없는 것 아니오? 정말 믿어지지 않았소. 솔직히 아직도 그렇소. 아우가 이 형을 두고 가다니, 그 전장에서도 살아남았는데 말이오. 이 사람이야 뭐, 운이 좋아 거란군 선봉장을 활로 맞혀서 폐하께 따로 포상까지 받았지만 사실 여기 계신 호족 분들도 다들 거란 때문에 몇 번이나 갑옷 입고 나서지 않았소? 소중한 가족이나 친척, 친구를 거기서 잃은 분들도 여럿이고 말이오."

호족들의 얼굴은 모두 어두워졌다. 하지만 김웅이 꺼낸 말은, 양주 호족의 문제가 아니었다.

"하지만 제가 이렇게 발걸음 해 주신 분들을 여기 따로 청한 이유는 사실 간단하오. 황제 폐하의 병세가 그리 좋지 않다는 소식이 들려오기 때문이오."

김웅이 먼저 말을 꺼냈다. 다른 호족 한 명이 대답했다.

"폐하의 보령은 이제 서른이시오. 벌써 걱정해야 할 일입니까?"

"경종 폐하께서 몇 세에 승하하셨는지 잊으셨습니까? 성종 폐하는 몇 세셨습니까?"

고려 5대 황제인 경종은 27세, 6대 황제 성종은 38세에 죽었다. 현 황제는 7대였다.

"허나, 폐하께서 후사를 꼭 보지 못하실 것이라는 보장도 없잖소?"

"지금 상황을 봐서는 그럴 것 같지 않소. 벌써 재위 10년째인데."

다들 입 밖으로 내기를 꺼리고 있지만, 무슨 말을 하는지 알고 있었다. 증조부인 태조가 왕비를 26명이나 둔 데 비해, 현 황제는 후궁도 없이 중전 한 사람만을 뒀다. 그나마 아들도 딸도 없었다.

"현재로선 태후마마께서 아직 강한 영향력을 행사하고 계시잖소."

태후라는 말이 나오자, 호족들의 얼굴이 모두 굳어졌다. 그들로서는 모두 무슨 이야기를 하는지 알고 있었으나 입을 차마 뗄 수도 없었다.

"숭덕소군께서 벌써 여섯 살…, 아니 이제 곧 일곱 살이시오. 아무리 생각해도 고려 신하로서 이를 그대로 두기는 어렵지 않겠소?"

김웅의 말투는 차분했지만, 이 일이 새어나가기라도 하면 그는 물론 양주 근방 호족들도 무사하지 못할 것이다. 이번 일이야말로 고려에서 가장 큰 문제가 되고 있었다. 잘못하면 황제의 성씨가 바뀔 수도 있다. 강감찬은 김현이 자신을 찾아온 이유가 그 때문일까 하는 생각이 들었다.

"폐하께서 무슨 수를 쓰신다면 좋겠지만, 별다른 조치가 없지 않소. 거기다 지지 기반도 약한 신혈소군이 과연 제대로 보위를 이을 수 있겠소?"

강감찬 역시 잘 알고 있었다. 하지만 아직 당상관도 아닌 자신이 뭐라 목소리를 낼 수는 없었으니 차라리 이대로 은퇴하는 편이 옳겠다고 생각하기도 했지만. 현 시국에 이보다 더 큰 문제는 없다고 해도 과언이 아니었다.

숭덕소군, 신혈소군, 강감찬으로서는 두 사람 다 만나 본 적도 없다.

"강 공께서는 어떻게 생각하시오?"

김웅이 뜻밖에, 강감찬을 가리키며 물었다. 물론 그는 곧 은퇴할 예정이라 조정 일에 관여하기는 싫었으나, 자기 아들과 손자들이 영향을 받을 것 같았다.

"솔직히, 지금으로서는 별로 할 말은 없소. 생각보다 큰일이었구려."

"그렇소? 뭐, 여기 오신 거 감사하니 다들 한 잔씩 드시지요."

잠시 후, 사람들 앞에 술상이 하나씩 놓였다.

"아, 아니?"

순간, 무원의 눈이 휘둥그레졌다. 다른 사람들의 앞에는 진수성찬은 물론 귀한 술이 병째 올라가 있는데, 강감찬과 무원의 상에 놓인 것은 물 한 그릇뿐이었다.

"이게 뭡…!"

무원은 자리를 박차고 일어나려 했으나, 강감찬이 손짓을 한 번 했다.

"오늘 아주 귀한 대접을 받는구려!"

강감찬은 보란 듯 그 자리에서 대접을 들어 한 번에 다 마셨다.

"양주 지방의 물은 아주 좋다고, 그 때문에 이 근방에서 나오는 술도 일품이라 들었습니다. 양주 목사로 재임 중에 마셨던 술맛이 워낙 좋아서 그 술 만드는 물의 맛까지 궁금할 정도였는데, 오늘 정말 귀한 대접을 받는구려! 실례가 되지 않는다면 한 그릇 더 청해도 되겠소? 너도 마셔 봐라! 이런 물은 차게 마실수록 좋단다!"

무원은 기가 막혔지만, 그 불쾌함을 식히기 위한 듯 그 얼얼할 정도로 찬물을 한 번에 모두 마셔 버렸다.

"휴, 아주 시원합니다! 이가 다 시리군요!"

김웅도 모르지는 않을 것이다. 강감찬이 조정에서도 곤란한 상황이라 은퇴를 고려하고 있으니 더 이상 그를 어려워할 필요는 없을 것이다. 하지만 강감찬은 김웅이 자신에게 자존심이 상했기 때문에 그렇다는 점을 잘 알고 있었다.

그때였다.

4. 똑같은 증상

"성주님!"

청지기가 김웅에게 왔다.

"무슨 일인가?"

"양주 목사 나리께서 오셨사옵니다."

"늦으셨군."

양주 목사라니, 김웅으로서는 반가울 수 없는 인물이었다. 거기다 새로 오는 목사가 누구인지는 그도 잘 알고 있었다. 하지만 이런 일이 난 이상 그가 직접 오지 않을 리가 없었다.

"만나서 반갑소이다!"

40대 중반 정도에, 얼굴에는 욕심이 가득해 보이는 남자가 들어왔다. 양주 목사 김치상이었다. 그는 황주 호족 출신이었다.

"목사 나리, 언제 오셨습니까?"

"이 사람이 부임하자마자 먼저 호족 분들에게 초대장을 보내려고 했는데 갑자기 여기서 소식이 들려서, 실례를 무릅쓰고 왔소이다! 호족 분들도 다 모여 계시는군요. 좋은 소식으로 만났어야 했지만 말입니다."

말은 그렇게 했지만, 그의 표정에서는 애도라는 것을 찾아볼 수가 없었다.

"뭔가 이야기들을 하시는 것 같은데, 저도 한자리 끼워 주시겠습니까?"

"그렇습니다. 오시죠."

보란 듯, 김치상은 자신이 가장 윗자리에 앉았다. 곧 그의 앞에도 술상이 나왔다.

"좌복야 대감께서는 잘 계시옵니까?"

김웅은 인사치레로 물었다. 좌복야라면 현 조정의 실세 중의 실세라고 할 수 있는, 김치양(金致陽)을 말한다.

"물론이오."

김치양이 무슨 방법으로 실세가 되었는지, 조정에서 모르는 사람은 없다. 하지만 감히 누구도 그 사실에 이의를 제기할 수가 없으니 한심한 상황이었다.

"좌우간 황제 폐하 대신 양주 고을을 잘 다스리라는, 막중한 명을 받았소. 그러려면 호족 여러분의 협조가 무엇보다

절실하니 다들 잘 부탁드립니다."

김치상은 술잔을 들었다. 호족들은 모두 겉으로 내색하지는 않았지만, 그가 어떤 사람인지 다 잘 알고 있었다. 이 부유한 양주 고을에서 얼마나 얻을 수 있을까 머릿속에 계산하며 왔을 것이다. 그렇지 않아도 조정에서 이곳에 상당한 세금을 부과하고 있어 호족들의 불만도 컸지만.

그가 온 이상, 황위와 관련된 이야기는 꺼낼 수도 없게 되었다. 현재 나랏일은 모두 김치양의 일족이 담당하고 있었다. 김치상이 무슨 수를 써서 과거에 급제했는지도 알 수 없었다. 그러면서도 양주 목사라는 직책을 맡게 되었다는 사실도 말이 되지 않았다.

김치상은 보란 듯 술 주전자를 들고는 호족들 사이를 돌면서 자신이 직접 따랐다.

"좋은 일로 모인 건 아니지만, 그래도 양주 호족 여러분은 모두 백성들을 보살피고 폐하께 충성하시느라 얼마나 노고가 많으십니까? 건배합시다!"

강감찬은 오히려 김치상의 등장에 덕(?)을 보게 되었다. 그가 이상하게 여기지 않게 하려고, 김웅은 강감찬과 무원 앞에도 제대로 상을 차려 주었기 때문이다.

"그러고 보니, 강감찬 공이시라고 했소? 관아 기록에 보니 이 사람보다 전임 목사 명단에 있던데, 혹시 그 분이십니까?"

김치상이 강감찬에게 술을 따르며 말했다. 감찬이라는 이름은 그리 흔하지 않아서 기억에 남은 모양이다.

"뭐, 10년쯤 전에 양주 목사 했소."

"선임자셨군요. 들어 보니까 명성이 자자하시더군요. 양주 목사 하시던 시절, 백성을 서른 명 정도나 잡아먹은 식인 호랑이를 잡으셨다고 말입니다."

순간, 김웅의 얼굴빛이 약간 달라졌다.

"허허, 내가 잡았겠소. 사냥꾼들이 잡았지."

"고향이 어디십니까?"

"금주입니다."

"금주라면 여기서는 강만 건너면 갈 수 있는데, 자기 고향과 가까운 곳에서 목사를 해도 됩니까?"

김치상이 조금 뜻밖이라는 듯 말했다.

"명을 받았으니 받드는 게 신하 된 도리지요. 물론 목사는 그 지방 출신이 아닌 사람으로 뽑는 게 좋다고 생각하긴 합니다. 뭐, 그래도 시간 날 때마다 집안도 돌보면서 일하기 좋아서 개인적으로는 편했지만."

"그렇군요. 조정에 한 번 청하든지 해야겠구려. 지방 관리는 본인의 고향이나 그 근처에서 근무하지 못하게 해 달라고 말이오."

강감찬은 술잔을 받았다. 사실 그편이 그 목사 자신에게도 더 좋은 일이었다. 앞서 밝혔듯 지방관이란 그곳의 유지들과 크고 작은 마찰을 빚기 일쑤였고, 고려는 아직 건국 초기라 호족들의 세력이 커서 더욱 그랬다. 그러니 자기 고향이나 이웃에 발령받았을 경우, 그곳의 호족들과 다투게 되면 은퇴한 후 낙향한 다음에도 두고두고 불편해질 수밖에 없기 때문이다.

김웅은 자신이 직접, 김치상의 술잔을 채웠다.

"고맙습니다. 장례식에서 다른 말만 해서 이상하지만, 우선한 잔씩 드십시다. 김웅 공의 먼저 가신 아우, 이름이…?"

"김현이오."

"김현 공을 위하여."

김치상은 자리에 앉은 뒤 잔을 들어 보이고는 한 번에 다 마셨다.

"응?"

잠시 있다가, 김치상의 얼굴빛이 달라졌다.

"아니, 술맛이 이상합니까?"

김웅이 말했다. 강감찬이 아까 양주의 술맛을 언급했는데 이는 빈말만은 아닐 만큼 물도 좋았고 양주 지방의 누룩은 유명했다. 술맛은 그만큼 좋았다.

"뱀이다, 뱀!"

김치상은 놀란 얼굴로 말했다.

"뱀?"

"이 겨울에 웬 뱀?"

호족들이 의아해하기도 전, 김치상은 온몸에 뭔가가 기어 오르는 것 같다는 듯 몸을 털었다.

"오, 오지 마! 오지 마! 뱀이다! 뱀!"

"아버지!"

무원이 강감찬 앞을 막아서며 말했다. 김치상은 상을 던지 다시피 엎고는 벌떡 일어났다.

"뱀이다! 사람 살려! 다들 안 보입니까? 내 몸에 뱀이 기 어오른다!"

"이보시오!"

"아무도 없느냐! 목사 나리를 말려라!"

김웅이 소리쳤다. 곧 호위무사들이 연회장 안으로 달려왔 다.

"나리!"

"이러시면 아니 되옵니다!"

호위무사 몇 명이 김치상을 붙들려고 했으나, 그는 무예 실력도 상당해 쉽게 잡을 수 없었다.

김치상은 놀라운 기세로 마구간 쪽으로 달려갔다. 손님들 이 타고 온 말들도 거기 있었다. 말들은 갑자기 뛰어든 사람 을 보자 히힝 하고 울기 시작했다.

"헉! 뭐, 뭐야!"

김치상은 말들을 보자 오히려 놀라서 뛰어나오려 했다.

"히히힝!"

"뱀이다, 뱀!"

순간, 놀란 말 한 마리가 뒷발로 그를 퍽 하고 차 버렸다. 공교롭게도 그 말은 마구간에 있던 것 중 가장 덩치가 컸다. 김치상은 그 자리에서 붕 떠올랐다.

"나리!"

종들과 다른 호족들이 데려온 견마잡이(말고삐를 잡고 끌고 가는 종)들도 달려 나왔다.

"맙소사! 빨리 의원을 불러라!"

"아니, 대체 이게 무슨…?"

겨우 진정된 후, 무원이 말했다. 종들이 말들을 진정시키는 동안 의원이 왔으나, 김치상의 가슴뼈 부분은 완전히 박살이 난 뒤였다. 큰 말에 차였으니 살 수 있을 리가 없었다.

졸지에 호족들도, 저택 종들도 모두 나오게 되었다.

강감찬은 대체 이게 무슨 일인지 알 수 없었다. 며칠 전 그의 집에 찾아왔던, 김현도 같은 증상을 보이다가 죽었다. 무원 역시 같은 생각을 하는 것 같았다.

"아버지, 이게 무슨 일일까요?"

"쉿!"

김웅은 달려갔다.

"아무도 나가지 못하게 해라! 이 주변을 완전히 봉쇄하라!"

"예!"

곧, 김웅의 사병이 저택을 완전히 포위했다.

"이럴 수가…!"

"주변에 혹시 낯선 자가 드나들거나 했나?"

"아니옵니다. 한 명도 보지 못했사옵니다."

김웅의 청지기가 말했다.

"호위무사 중 누구 수상한 사람 본 사람 있나?"

김웅의 사병과 호위무사들이 저택 주변을 늘 엄중히 경계하고 있었다. 다른 호족들도 모인 장소라서 경비가 한층 더 강화되기도 했으니(호족들의 사병은 병력 과시용으로도 쓰였기 때문이지만) 누군가 침입하기는 어려웠다.

"아무도 오지 않았단 말이구먼?"

"그런데 왜 갑자기 이 추운 겨울에 뱀이다, 뱀이다 하면서 뛰다가 갑자기 달려간 것이오?"

"나도 모르겠습니다!"

"혹시 여러분들은 아시는 바 있습니까?"

김웅은 호족들을 엄중한 눈으로 보며 말했다.

"이거, 뭐라고 해야 할까요?"

호족 중 한 명이 말했다. 이제 막 부임한 양주 목사가 호족들과 만나던 중에 죽었다면, 조정에서 충분히 문제 삼을 만한 일이다.

"일단 조정에 알리기는 해야 할 것이오. 관아에도 알리고, 아니, 조정에다 이 사건을 조사할 사람을 정식으로 보내 달라고 해야 할 것이오!"

강감찬이 나섰다.

"아니, 이거 잘못하면 우리 모두 문책을 당할 수도 있소! 낙마 사고라고 합시다!"

갑자기 다른 호족이 나서며 말했다.

"그럴 수 없소. 우리는 죄가 없잖소! 사실대로 말하지 않으면 나중에 조정을 속인 대역죄로 몰릴 수도 있소!"

"누가 우리 죄가 없다고 했소?"

다른 사람이 말했다.

"그게 무슨 말씀이오?"

"갑자기 양주 목사가 왜 그랬는지, 아무도 모르잖소! 그 사람이 광증이라도 있었소? 한겨울에 뱀을 보다니!"

"아니, 그러면 어쩌자는 것이오? 잘못하면 우리 모두 문책을 당할 수 있소! 그러니 낙마 사고라고 합시다!"

"의심받으면 어떻게 하오? 사실대로 고하지 않으면 더 심한 문책을 당할 것이오!"

조정에서 보낸 관리를 죽였다면 충분히, 중죄가 되고도 남는다.

"다들 잠시 제 이야기 좀 들어 주십시오!"

강감찬이 말했다. 그러자 사람들이 겨우 진정하고 그를 보았다.

"여기서 일이 났으니 이 집 주인인, 김웅 공의 의견을 우선해야 하지 않겠소?"

"아, 하긴 그렇구먼!"

호족들은 나름 점잖은 모습을 보였다. 그러자 김웅이 입을 열었다.

"이 사람이 방금 청지기와 호위무사들에게 물었는데, 이 근처에 수상한 사람들은 없었다고 합니다. 헌데 이런 일이 여기서 나다니, 정말 뭐라 할지 모르겠습니다."

"어떻게 하는 게 좋겠습니까?"

호족 한 명이 물었다.

"우선, 여러분들은 각자 데려온 종과 호위무사들을 잘 단속하시고 당분간 이 집을 떠나지 말아 주시기 바랍니다. 댁에 서찰을 보내시는 것까지는 괜찮지만 그건 내 종들에게 하라고 하겠습니다. 그리고 조정에는 일단 사실대로 알리는 게 좋겠습니다."

"괜히 골치 아파지면…?"

"이 집을 아예 떠나지 말라는 것이오?"

호족들이 웅성대기 시작했다.

"그러면 집은 떠나도, 제 영지를 나가지는 마시기 바랍니다. 밖에서 주무시고 오지도 말아야 합니다. 누구든 이 땅을 벗어나면 그 사람이 가장 수상한 겁니다."

"어떻게 두 명 모두 그렇게 될 수 있는 겁니까?"

잠시 후, 방으로 돌아온 무원이 물었다. 강감찬은 고개를 저어 보이기만 한 뒤 말했다.

"그래도 저택에서 나가지 말라는 말은 철회되었으니 다행이다. 내일이라도 김현 공의 집으로 가봐야겠다."

"거기에는 왜 갑니까?"

"김현 공이 최근 무슨 일을 했는지 알아보고 싶어서 그런다."

"소자가 보았는데, 김치상 공의 술잔에는 그 까만 가루가 없었사옵니다."

"뭣이라?"

강감찬은 무원을 보았다.

"언제 보았느냐?"

"그 모습이 김현 공이 죽었을 때와 비슷해서 양주 목사가 뛰어나가자마자 그 술잔을 살펴보았사옵니다."

"이 녀석아!"

강감찬의 입에서 뜻밖에 책망하는 목소리가 나오자, 무원은 놀랐다.

"네?"

"그 자리에 혹시 김현 공과 관련된 사람이 있었다면, 그는 곧 너를 경계할 것이 아니냐! 한다면 자연스럽게 했어야지!"

강감찬은 누구에게도, 김현이 죽은 자리에서 발견된 그 검은 가루 이야기는 한 적이 없었다.

"아무도 본 사람은 없었사옵니다!"

"숨어서 보고 있었을지도 모르잖느냐! 헌데 좀 이상하긴 하다."

"뭐가 이상하옵니까?"

"나도 연회장에서 슬쩍 보았는데, 내가 봤을 때는 그 가루가 있었는데?"

5. 신혈사로

김현의 집은 양주 북쪽에 있었다. 장남인 김웅이 당주로서 양주 중심가에 있는데 비해서 약간 외곽에 있었다. 걸어서 갈 수 있는 곳에 있었기 때문에 강감찬과 무원은 다시 그쪽으로 가 보았다.

"아버지, 저기가 그곳입니까? 어제는 늦게 와서 눈에 잘 띄지 않았는데, 이렇게 보니 생각보다 규모가 크옵니다!"

"발해인 촌 말이냐?"

발해가 멸망(926)한 후, 그 나라 사람들 상당수가 고려로 귀부했는데 조정에서는 그들을 각 지방에 나누어 살도록 했다. 양주도 큰 고을이라 발해인이 꽤 많았다.

"발해가 망한 지도 백 년 가까이 되었는데, 저 사람들은 아직도 거기서 살던 대로 살고 있사옵니까?"

"그게 뭐가 이상하냐?"

강감찬은 핀잔을 주듯 말했다. 앞서 언급했듯 그 역시 양주 목사를 지낸 만큼 발해인들과 호족들 사이에 분쟁이 있을 때 끼어든 적도 있었다. 하지만 그 탓에 그들은 그를 좋아하기도 했다.

"아이고!"

"아이고!"

"어찌 이런 일이!"

전날과 마찬가지로, 발해인들이 김현의 집 앞에서 통곡하고 있었다. 그만큼 그가 그들의 마음을 얻었음을 뜻하기도 했다. 강감찬은 청지기에게 물었다.

"최근 들어, 김현 공이 뭔가 이상한 모습을 보이지는 않았나?"

"별로 이상한 건 없었사옵니다."

"최근에 누군가를 만난다든가 하는 일은 없었나?"

"최근에…, 신혈사에 몇 번 다니시기는 했사옵니다."

"그런가?"

신혈사라면, 강감찬도 잘 아는 사찰이었다. 10년 전 그가 양주목사를 할 때 그곳을 근거지로 호랑이 사냥을 했기 때문이다.

"무슨 일로 거기에 갔나?"

"모르옵니다."

"정말 모르나?"

강감찬은 강하게 말했지만, 청지기는 계속 같은 답을 했다.

"만날 분이 계신다고 하셨사옵니다. 그 외에는 모르옵니다."

"아버지, 신혈사에 한 번 가 보는 게 좋지 않겠사옵니까?"

집을 나서자마자 무원이 물었다. 강감찬의 표정은 좋지 않았다.

"생각보다 이거, 심각한 일일 수도 있다."

"네?"

"신혈사에는…."

"나리!"

높은 목소리가 들렸다. 뒤를 돌아보니 눈이 빨개진 다휘가 서 있었다.

"무슨 일이냐?"

"신혈사에 가신다고 했사옵니까?"

"다 들었느냐?"

"소녀, 같이 가고 싶사옵니다."

"네가 왜?"

"숙부님이 괜히 그렇게 되셨을 리가 없사옵니다."

"네가 가 봤자 좋을 거 없다."

"소녀도 보고 싶사옵니다!"

"아씨!"

몸종이 쫓아 나왔다.

"송구하옵니다. 아씨가 어렸을 적부터 그 숙부님한테서 말타기, 검술 등을 배우셨기 때문에 그러는 것이옵니다."

"그렇구나. 하지만 굳이 여럿이 갈 필요가 있겠느냐. 괜히 너 데려갔다간 내가 네 아버지 뵐 면목이 없어질 수도 있다. 그러니 오지 마라!"

"아씨, 가시옵소서!"

몸종은 다휘를 억지로 끌고 가다시피 했다.

잠시 후, 이들은 산길로 갔다.

"휴, 춥습니다."

무원이 말했다. 강감찬은 산을 보았다. 삼각산에 올라가다 보니, 개울물은 이미 다 얼어 있었다.

"저기가 그곳이다. 너는 여기 처음이지?"

"그렇사옵니다."

무원이 말했다.

"나는 양주목사 할 적에 호랑이 사냥 때문에 여기서 잠시 머물렀던 적이 있으니 이야기가 잘 될지도 모르겠다. 응?"

갑자기 강감찬이 뒤를 돌아보았다. 두 사람이 따라오고 있었다. 한 명은 박재훈, 다른 한 명은 뜻밖에 다휘였다.

"아니, 여긴 무슨 일인가?"

강감찬이 물었다.

"신혈사로 가셨다고 들어서, 소관도 그 일이 좀 이상해서 왔사옵니다."

"너는 여기까지 오면 어떻게 하느냐? 내가 너희 아버님 뵙기 난처해지게 할 일 있느냐?"

강감찬은 다휘를 보며 말했다.

"소녀가 다 책임지겠사옵니다. 아무리 생각해도 이상해서 말이옵니다! 신혈사에는 그분이 계시지 않사옵니까! 최근 들어 숙부님이 이상했사옵니다!"

신혈사는 삼각산에 있었지만, 다행히 그리 높은 곳까지 올라갈 필요는 없었다. 산길은 말을 타고 가기 불편했기에 그 앞에서부터는 걸어가야 했다. 비질이 되어 있었으나 곳곳에 눈이 쌓여 있었다.

문제는 다휘도 알고 있는, 신혈사에 있는 사람 때문이었다. 물론 일반 백성들은 몰랐겠지만, 호족들 사이에서는 다 알려져 있었다. 현재 조정의 실세 때문에 다들 어려워하고 있었다.

"누구 없소?"

절 앞에 도착하자, 박재훈이 먼저 외쳤다. 잠시 후 승려 두 명이 나왔다.

"어서 오십시오. 아니, 강 목사 아니십니까? 박 군관도!"

신혈사의 주지인 진관은 강감찬을 보았다.

"기억하신다니 다행입니다. 10년 정도쯤 되었나요?"

"어떻게 지내셨습니까?"

"그럭저럭 지내고 있습니다."

진관은 강감찬과 함께 온 사람들을 보았다.

"오, 다휘 아가씨 아닙니까?"

"오랜만이옵니다. 스님."

다휘는 진관에게 인사를 했다.

"이 아이는 처음 보시죠? 내 아들입니다."

"아드님?"

진관 역시 강감찬과 전혀 닮지 않은 무원을 보고 뜻밖이라는 듯 물었다. 무원은 간단히 인사했다.

"강무원이라고 합니다."

"스님, 숙부님이 여기에 최근 오셨다고 들었는데 무슨 일로 오셨는지 아시옵니까?"

다휘가 기다리지 못하고 용건부터 말했다.

"숙부면, 김현 공 말입니까? 소승을 보러 온 건 아니었기 때문에 잘 모릅니다."

김웅은 진관에게 김현의 장례식 때 경을 읊어 달라고 부탁하기도 했다.

순간, 한쪽에 있는 작은 무덤이 강감찬의 눈에 들어왔다. 사람이 아니라 동물을 묻은 흔적이었다. 절에서 동물을 기를 리가 없다.

강감찬은 일단 물러나기로 했다.

"혹시 그분 때문 아니겠사옵니까?"

갑자기 다휘가 한마디 했다.

"그 분이라니?"

"대량원군 마마 때문이옵니다. 소녀도 듣기만 했는데, 대량원군 마마가 지금 여기 사셔서 신혈소군이라고 불린다고 하옵니다. 뵌 적은 없사옵니다."

강감찬 역시 같은 생각으로 오긴 했다. 그렇다면 생각보다 심각한 일이 있을 수도 있었다.

"대량원군 마마 계십니까?"

"아니 계십니다."

진관은 금방 대답했다.

"어디 계십니까?"

"가끔 발해인 촌으로 가십니다."

"그렇소?"

뜻밖이었다. 박재훈은 어깨를 으쓱했다.

"그러고 보니 전에 한 번 도순검사께 들은 적이 있습니다."

"뭔가?"

서북면 도순검사 강조는 몇 년 전, 한 소년이 자신의 물건과 신발까지 벗어서 거지에게 주는 모습을 보고 호기심이 일었다. 그런데 쫓아가 보니 소년은 집이 아니라 절로 가고 있었다.

강조는 발해인들에게 그 소년에 관해 물었다. 그는 결코 부자도 아니었으며 부모 없이 절에서 살고 있었지만 조금이라도 남는 게 있으면 남에게 주는데 인색하지 않다고 했다. 그 소년이 바로 대량원군이었다.

"훌륭하구먼."

문제는, 진관의 얼굴을 보니 그리 훌륭하게 여기는 것 같지 않았다.

"해 떨어지기 전에 내려가세."

강감찬은 돌아섰다. 그의 머릿속은, 김현의 죽음 때 그의 술잔에 있던 까만 가루로 차 있었다. 물론 그것은 쉽게 눈에 띄지는 않을 것이다. 하지만 그게 무엇인지 알 길이 없었다.

"박 군관, 자네 김현 공의 집에서 묵을 건가?"

"아, 예. 나리도 그러시지 않을 것이옵니까?"

다휘가 대신 대답했다.

"집까지 무사히 갈 수 있을지 모르겠지만 말이다."

"예?"

모두 의아한 얼굴로 강감찬을 보았다.

"모습을 보이시지."

강감찬은 뒤를 보며 말했다. 그러자 뒤에서 웬 곰 한 마리가 나왔나 할 정도로 거대한 몸집의 남자가 나타났다. 그 몸집을 한 사람이 그렇게 기척도 없이 나타날 줄은 몰랐다.

"당신들 뭔가?"

남자를 보니 승려 복장을 하고 있었으나, 그 몸집이나 인상은 도저히 그런 느낌을 주지 못했다.

"남에게 인사를 할 때는 자기부터 먼저 소개하는 게 예의 아닌가?"

강감찬은 태연한 얼굴로 말했다. 곧장 무원과 박재훈이 앞으로 나섰다. 다휘 역시 등에 메고 있던 쌍검에 손을 댔다.

"당신들, 대량원군 마마를 해치기 위해 왔지?"

"뭐라?"

"전에도 자객이 왔단 말이야!"

승려는 보란 듯 석장(승려가 사용하는 지팡이), 아니 통나무라는 표현이 더 어울리는 물건을 들었다. 지팡이가 이 정도일까.

"자객이 왔다? 문으로 들어가는 자객 봤나?"

"당신 뭐야?"

무원이 칼을 뽑았다.

"그만둬라!"

강감찬이 말했다.

"자객이 보란 듯, 문으로 들어가는 일은 없을 걸세! 그것도 이렇게 떼거리로 말일세. 거기다 망보는 사람도 필요할 것이고."

"마마를 해치려는 자, 절대 가만둘 수 없다!"

6. 대량원군

"승려의 몸으로 살생하려는 건가?"

강감찬이 말했다.

"이봐, 우리는 해친다 해도 이 아가씨를 해치면 양주 제일의 호족, 김웅 공이 너희들을 끝까지 쫓을 것이다!"

박재훈이 뒤에서 말했다.

"그런가? 대량원군 마마는 호족보다도 더 귀하신 몸이라는 거 모르나?"

"김웅 공의 따님이시오?"

갑자기 뒤에서 다른 목소리가 들렸다.

"마마!"

덩치 큰 승려가 말했다. 그러자 박재훈이 눈을 크게 떴다.

"혹시 대량원군 마마 아니십니까?"

"누구시오?"

눈앞에 있는 남자, 아직은 소년으로 보이는 그가 말했다. 무원과 나이가 비슷해 보였다.

"아, 저는 서북면에서 근무하고 있는 군관 박재훈이라 합니다. 이분은 양주 목사를 지내신 강감찬 공이십니다."

"강감찬이라고 합니다."

"신혈사에는 무슨 일로 오셨소?"

대량원군이 물었다. 낯선 사람들을 경계하는 눈빛이 역력했다.

"김현 공 일 때문에 왔습니다. 이쪽은 김현 공의 조카, 다휘라 합니다."

"김현 공의 일은 들었소."

"마마를 뵙고자 왔사옵니다."

강감찬이 말했다.

"보아하니 이 사람과 초면이신 것 같은데, 뵐 일이 있는 것이오?"

"김현 공 일 때문에 왔사옵니다. 그러니 잠시만 시간을 내주시면 감사하겠습니다."

"들어가서 이야기합시다. 자네도 따라오게."

대량원군은 앞장서며 말했다. 그 덩치 큰 승려는 신혈사의 부목 승(땔나무 나르는 승려)이었고 법명은 도우라고 했다.

잠시 후, 대량원군은 직접 차를 내왔다.

"여기서 얼마나 지내셨습니까?"

강감찬이 물었다.

"재작년(1006)에 이리로 왔소이다. 머리를 깎은 건 열두 살 때고, 지금은 열일곱 살입니다."

"발해인 촌에는 자주 가십니까?"

강감찬이 다시 물었다.

"가끔 갈 뿐이오."

'가만있자…, 벌써 여섯 살쯤 됐으니 그럴 만도 하지. 그 사람들이 실제로 그러려는 건가? 말도 안 되지만!'

강감찬은 생각했던 것 이상으로 심각한 일이 관련되어 있음을 느낄 수 있었다. 김현의 일도 신경이 쓰였지만, 대량원군 문제는 고려라는 나라 자체와 관련이 있었다.

"마마께서는, 김현 공과 무슨 말씀을 하셨는지 알려주실 수 있사옵니까?"

강감찬의 질문에 대량원군은 순간 멈칫했다.

"비밀이시라면 지금 말씀하지 않으셔도 좋사옵니다. 허나, 김현 공이 저를 찾아와 의논을 청했사옵니다."

"무슨 의논이오?"

"그걸 모르겠사옵니다. 이른 아침이라 옷을 갈아입고 만나려고 했는데, 그 전에 그만…!"

강감찬이 말끝을 흐리자, 대량원군은 한숨을 푹 쉬었다.

"김웅 공, 즉 양주 호족들 사이에서 여러 가지 일이 있는 것 같소. 사실 요즘 발해인 촌 민심이 점점 사나워지고 있소."

"무슨 일이옵니까?"

"김웅 공이 점점, 세금을 올리고 있기 때문이오. 헌데 세금은 둘째치고라도, 갑자기 저쪽 산에서 사냥하는 걸 금지했소."

"발해인들 대부분은 사냥꾼 아니옵니까? 무슨 일인지 아시옵니까?"

"여름에 장마로 인해 산사태가 심하게 나서 그랬다고 하오. 하지만 그렇다고 산의 출입을 금한다는 건 이상하지 않소? 거기에는 김웅 공의 가노들만 오가는 것 같았고, 산사태 때문에 길을 고친다고 하는데 뭘 하는지는 모르겠소."

"그렇습니까?"

강감찬은 잘 알고 있었다. 앞서 언급했듯 고려 조정에서는 황권 강화의 목적으로 호족들의 권력을 제한하고 있었으며 자신도 그 때문에 지방관 노릇을 하는 동안 그 지방의 호족들과 몇 번이나 마찰이 있었다.

무엇보다 중요한 건 보유 사병 규모의 제한이었다. 김웅은 양주처럼 큰 고을에서 사병을 제한한다면 치안을 유지하기 어렵다고 반발했다. 특히 양주 지방은 한강을 끼고 있어서 오가는 상인들이 많았기에 그만큼 도적도 자주 드나들어 더욱 그랬다.

양주 관아에서 관군 규모를 늘리긴 했지만, 목사나 군관들은 호족들에 비하면 그곳 지리에 밝지 않았기 때문에 여러모로 어려움이 있었다. 거기다 조정에서 계속 세금을 올리고 있었으니, 호족들은 물론 백성들의 원성마저도 커지지 않을 리가 없었다.

"흐음."

강감찬은 대량원군을 보았다.

"김현 공은 불공을 드리러 온 게 맞습니까?"

"뭐가 그리 궁금하시오?"

대량원군은 조금 불쾌한 듯 말했다. 강감찬은 그의 팔을 보았다. 손으로 긁은 듯한 자국이 꽤 있었다.

"마마, 매끼 공양은 잘하고 계십니까?"

"물론이오!"

강감찬은 드디어, 자신의 진정한 용건을 꺼내 놓았다.

"혹시 이것에 관해 아시옵니까?"

강감찬은 종이에 싼 무엇을 그 앞에 보였다. 바로 김현이 죽은 현장에서 발견되었던, 그 검은 가루였다.

"재입니까? 아니, 그런 거라면 가져오셨을 리가 없는데, 뭔지 모르겠습니다."

대량원군은 들여다보고는 고개를 저었다.

"그렇습니까? 아, 알겠습니다."

"마침 점심 공양 시간이니 드시고 가시지요."

"점심 공양입니까?"

무원은 조금 언짢다는 생각이 들었다. 그는 무술 수련을 위해 절에 몇 번 가 보았지만 공양하는 데 예의 지키기가 매우 까다로워 입맛이 떨어질 정도였으며, 또한 고기반찬도 없었기 때문이다. 하지만 강감찬은 고맙다며 이동하자고 했다.

"아버지?"

무원은 강감찬을 보았으나, 그 눈짓에 말없이 따라나섰다.

7. 독살의 연속

곧, 발우공양이 시작되었다. 신혈사는 그리 큰 절이 아니었기 때문에 승려는 진관, 대량원군과 도우까지 합쳐도 다섯 명밖에 되지 않았다.

"저기 앉아서 드시지요."

발우(승려용 밥그릇)를 본 무원은 슬쩍 다휘 쪽을 보았다. 그녀는 조금 긴장한 얼굴이었다.

발우를 펴놓은 다음에는 부목승인 도우가 청수(맑은 물), 밥, 국, 반찬 순으로 사람들에게 돌렸다.

무원은 자신 앞에 놓인 식사를 보았다. 시주를 많이 받아 꽤 부유한 사찰도 많았지만, 이곳은 절의 규모가 규모인 만큼 그렇지도 않은 듯, 공양 음식은 잡곡밥에 이름 모를 나물과 묽은 된장국이 전부였다. 잡곡밥을 먹으면 방귀가 나올 것 같았다. 그랬다가는 다휘 앞에서 창피해질 것이라는 생각이 들었다.

무원은 자신의 밥상은 그렇다 쳐도 유일한 황위 계승자인 대량원군이 출가하여 이런 식사를 해야 한다는 사실에 조금 놀랐다.

죽비소리와 함께, 공양이 시작되었다. 무원은 식사할 때는 절대로 소리를 내지 말 것, 좁쌀 한 톨도 남기지 말 것 등 예의는 대략 알고 있었으며 잘못했다가는 아버지인 강감찬에게 누가 될 수 있다는 점에 그는 긴장했다.

너무 긴장한 탓일까, 무원은 그만 밥을 받자마자 소리를 내고 말았다. 순간 그의 눈은 자연스럽게 강감찬 쪽으로 갔으나, 그는 다른 곳을 향하고 있었다.

"엇!"

갑자기 강감찬이 들고 있던 국그릇이 펄쩍 뛰었다. 그것은 곧 맞은편에 앉아 있던, 대량원군의 밥그릇 쪽으로 튀고 말았다.

"아니!"

"저런!"

공양 시간에는 소리를 내지 말고 먹어야 하는데, 졸지에 요란해지고 말았다.

"아니, 이거, 큰 결례를 저질렀습니다. 뜨거운데 데이지 않으셨사옵니까?"

"아, 아니오."

옷에 온통 국물이 튄 대량원군은 당황했지만, 화를 내지는 않았다. 무원은 의아했다. 자신의 아버지는 절대 그럴 사람이 아니다.

그럭저럭 자리를 수습한 뒤, 강감찬은 잠시 손을 씻기로 하고 밖으로 나왔다. 대량원군도 옷을 갈아입겠다며 밖으로 나섰다.

"무슨 일이 있는 것이오?"

대량원군은 강감찬에게 다가오며 말했다.

"역시, 마마는 눈치채셨군요."

강감찬은 걱정되었으나, 우선은 유일한 황위 계승자가 생각보다 영특하다는 점에 안심이 되기도 했다.

"무슨 말씀이시오?"

"대량원군 마마, 요즘 들어 설사나 구토 증세가 좀 있지 않으시옵니까?"

"네?"

"마마의 피부가 너무 창백하고, 거기다 발진이 있는지 긁은 자국이 팔에 있사옵니다. 비상(비소) 중독 증세이옵니다. 거기다 더 이상한 건, 절 뒤편에서 본 작은 무덤이옵니다."

"그게 무엇입니까?"

"사람의 것이라 하기엔 너무 작았고, 사산된 아이 것이라 하기엔 많은 데다 만든 지 얼마 되지도 않았사옵니다. 조그 만 짐승을 묻었다는 말이 되옵니다. 절에서 짐승을 기를 리 가 없고, 여기서 그것들이 갑자기 죽은 이유가 있다면, 누군 가가 독을 넣은 음식을 여기 가져왔는데 새 등이 와서 그것 을 먹고는 죽었고, 여기서 독살당할 만한 사람은 망극하지만, 대량원군 마마가 일 순위 아니겠사옵니까."

단지 무덤을 본 사실만으로 거기까지 생각할 수 있었다니, 대량원군은 강감찬이라는 사람에 대해 놀랐다.

"그 말 맞소. 나와 도우가 직접 그 새들을 묻어줬소."

"그런데 그 독살 시도는 일종의 속임수였을 것이옵니다. 한 번 쓴 방법을 또 쓰지는 않을 거라 여기게 하여 안심시킨 뒤 조금씩 먹여서 서서히 죽이려는 방법을 쓴 것이지요. 비 상은 맛이 전혀 없으니까 쉽게 느끼지 못했을 것이옵니다. 다행히 아직은 초기 증세인 것 같지만 그대로 가다 보면 사 망에 이르시게 될 것이옵니다. 더욱이 비상 중독은 증세가 배탈과 비슷하기 때문에 쉽게 알아차리기도 어렵사옵니다."

"누가, 그랬단 말이오?"

"아주 간단합니다. 저기 있는 부목승 도우 말입니다. 여기 들어온 지 얼마나 되었사옵니까?"

"아니, 무슨! 도우는 전에 날 독살에서 구해 주기도 했소!

85

독이 든 음식을 새에게 먹여 판별했단 말이오!"

대량원군이 언성을 높였다.

"쉿! 아니옵니다. 그건 이중 계획이었고 실제로는 그런 척하면서 마마의 신뢰를 얻은 뒤, 서서히 독을 먹여 죽이려 한 겁니다! 승려가 어찌 그리 서슴없이 새에게 그런 걸 먹이옵니까? 새도 산 생명인데!"

강감찬이 말했다.

"그런데 어떻게 비상을 탔다는 말이오? 발우공양은 전부 똑같이 배당받는데!"

"아주 간단하옵니다. 발우공양은 먹기 전에 청수로 그릇을 헹군 다음에 밥이니 찬이니 받잖습니까. 그때 그자는 물을 나눠주면서 마마의 그릇에 슬쩍 비상을 타서, 그것이 든 물로 그릇들을 헹구게 한 것이옵니다. 그러니 비상의 양도 적었으니 서서히 죽을 수 있겠지요!"

"하지만, 근거가 있어야 하지 않겠습니까?"

"그 사람의 방이 어디입니까? 뒤져 보면 비상이 나올 것이옵니다. 무색무취의 가루니 금방 알 수 있을 것이옵니다. 나중에 뒤져 보십시오."

"빌어먹을!"

뒤에서 험악한 목소리가 들렸다.

"도우, 자네?"

"그래, 이렇게 된 거 곱게는 못 죽인다!"

도우는 어느 틈에 따라왔는지, 손에는 아까 들었던 그 거대한 석장을 들고 있었다. 그의 손에 들리면 가느다란 회초리라도 흉기가 될 것 같았다.

"이런, 마마! 피하십시오!"

강감찬은 재빠르게 대량원군 앞을 막아서며 말했다.

"둘 다 한 번에 보내 주지!"

"이놈!"

뒤에서 칼이 반짝 빛났다. 박재훈과 무원이었다.

"아버지, 괜찮으시옵니까?"

"마마, 피하시옵소서!"

강감찬은 대량원군을 거의 떠밀며 말했다. 도우는 두 사람의 칼을 쉽게 당해내지는 못하리라 여겼는지, 손에 든 석장을 땅에 버리고 말았다. 항복의 표시일까, 하는 순간 그의 눈이 험악해지더니, 놀라울 정도로 빨리 강감찬의 목을 팔로 조르듯 휘감고는 소매에서 단검을 꺼냈다.

"이익!"

"너희들 중, 머리털만 움직여도 이 사람의 목숨은 없다!"

"누가 네놈을 보냈느냐?"

강감찬이 소리쳤으나 도우는 들은 척도 하지 않았다.

"아버지!"

무원과 박재훈은 칼을 그에게 겨누었으나 강감찬이 인질로 잡혀 있는 한 어쩔 도리가 없었다. 도우는 등을 벽에 기대다가 나가려 했다.

"놓아라!"

높은 목소리가 들렸다. 다휘였다. 그녀는 밖에서 이 소동을 듣고 건물 뒤에 숨어서 상황을 지켜보다가 나선 것이다.

"그분을 빨리 놓아 드려라!"

다휘는 도우의 목 부위에 자신의 칼을 들이대며 말했다.

"아씨!"

갑자기 신혈사 입구가 요란해졌다. 사람들 여럿이 온 것이다. 김웅의 호위무사들이었다. 다휘가 없어졌으니 찾으러 온 모양이다.

"아니, 무슨 일이옵니까?"

"대량원군 마마를 모셔라!"

강감찬이 소리쳤다.

"꺄악!"

김웅의 호위무사들이 오자, 도우는 다휘의 칼 든 손을 확 치고는 강감찬을 밀더니 이번에는 그녀의 목을 붙잡았다. 역시 그는 제대로 훈련받은 무인이 분명했다.

"아씨!"

"이런!"

"이 아가씨 목 부러지는 꼴 보고 싶나?"

도우는 어느 틈에 단검을 잡고 다휘의 목을 더 꽉 쥐었다. 호위무사들이 곧 그를 둘러쌌다.

"아씨를 놔 줘라!"

"저, 저기, 나!"

다휘는 캑캑거리며 말했다.

"뭐야?"

"나!"

"뭐라는 거야?"

도우는 다휘의 얼굴에 자기 귀를 들이댔다. 순간, 그녀는 재빠르게 자기 발을 높이 뻗어 그의 얼굴을 찼다. 놀라운 발차기였다. 다휘가 빠져나오자마자, 무원이 번개같이 달려들어 그의 다리 쪽을 베었다. 사로잡기 위해서였다.

"이놈!"

도우는 역시 만만하지 않았다. 다리를 베이면서도 한 다리만으로 뛰어올라 무원의 얼굴을 향해 주먹을 날렸으나, 이번에는 박재훈이 칼로 그의 옆구리 쪽을 베었다.

"붙들어라!"

도우가 주춤하자, 호위무사들이 일제히 몰려들어 도우의 위에 올라타다시피 했다. 하지만 도우는 별수 없는 듯 손에 든 단검으로 자기 목을 찔렀다.

"아니, 절에서 이게 무슨 난리요?"

진관이 나왔다. 그리고 도우의 목에서 나오는 피를 보자 그는 고개를 돌렸다.

"대량원군 마마, 괜찮으시옵니까?"

강감찬은 서둘러 대량원군을 먼저 살펴보았다.

"여기 있었사옵니다!"

호위무사 한 명이 도우의 방에서 흰 가루가 든 주머니를 들고나왔다. 강감찬이 예상했던 대로였다.

"그게 다 함정이었단 말인가? 하긴, 그렇게 대놓고 궁녀까지 보내 음식을 들고 오게 해서 이상하다 했지."

대량원군은 고개를 저었다.

"마마, 이런 일이 몇 번이나 있었던 것이옵니까?"

"며칠 전에, 자객이 왔는데 겨우 피했소."

"아씨, 이제 돌아가시지요."

몸종이 말했다.

"세상에, 이게 무슨 일이야?"

"그 아이를 빨리 데려가게들!"

"나리도 오시기 바라옵니다. 왜 아씨를 데리고 가셨는지 설명이 필요하시다고, 성주님이 말씀하셨사옵니다."

호위무사의 우두머리가 말했다. '성주'는 물론, 김웅을 말한다. 강감찬은 한숨을 푹 쉬었다.

"조정에 알려야 하옵니다!"

무원이 말했다.

"우선 돌아가야 합니다."

호위무사들이 강감찬에게 말했다.

"설명을 좀 해 주셨으면 하오. 강 공."

김웅은 강감찬을 보며 말했다.

"아버지, 소녀가…!"

"가만히 있어라!"

"송구하오. 그 점에 대해서는 드릴 말씀이 없소."

"아니, 아우가 죽고 이번에 양주 목사까지 죽어서 우리는 물론 양주 지방 호족들까지 다 큰일을 겪을지 모르는 판에, 남의 딸을 데리고 들놀이 가셨습니까? 이 추운 날에?"

"들놀이라니요!"

무원이 말을 꺼내려 했으나, 강감찬이 그를 말렸다.

"뭐라 드릴 말씀이 없습니다."

"아니면 불공이라도 드리러 가신 것이오? 잘만 말씀하시는구려! 앞으로는 외출을 자제해 주셨으면 하오! 조정에 알렸으니 조만간 그쪽에서 사람이 올 것이오! 그러니 고향에 서찰 보내실 것 있으면 오늘 보내시오!"

"조정에서 누가 올 것 같습니까?"

"그걸 내가 어떻게 안단 말이오?"

김웅은 짜증이 난다는 듯, 돌아서고 말았다. 잠시 후, 강감찬과 박재훈, 무원은 모두 방으로 돌아갔다.

"이거, 호위무사들이 우리를 감시하려는 것 같습니다. 그런데 조정에 이것도 알려야 하지 않습니까? 대량원군 마마를 죽이려 했는데!"

"대량원군 마마가 다음 황위 계승자라는 것은 너도 알지 않느냐."

"그렇사옵니다. 그러니까…!"

"조정에는 대량원군 마마를 반대하는 사람이 많이 있다. 그리고 그런 말은 함부로 내뱉으면 아니 되느니라. 조정에서 조사하러 오는 사람이 오면, 그때 이야기하자꾸나."

"아버지, 하지만…!"

"그것보다 이상한 게 하나 더 있다."

"무엇이옵니까?"

"그 도우라는 놈, 그놈 방에서 그 검은 가루는 발견되지 않았다. 그리고 대량원군 마마를 죽일 생각이었으면 비상으로 서서히 없앨 필요가 있었겠느냐? 그 검은 가루를 쓰면 되는 것 가지고 말이다."

"그, 그렇다면!"

"그래, 김현 공을 죽인 이와 마마를 죽이려 한 이는 다른 사람일 것이다, 이 말이다. 독살의 연속이구나. 이거!"

8. 반갑지 않은 사람

무원도, 박재훈도 할 말이 없었다.

"독살의 연속이라니 치사하기 짝이 없사옵니다. 하려면 당당하게 칼이나 흉기를 썼어야지…."

무원이 말했다. 박재훈은 고개를 저었다.

"세상이 정정당당하기만 하겠느냐."

"그래도 조사는 해 봐야 하는데…."

"대량원군 마마를 노리는 사람이 또 있다면, 조정에 알려야 하지 않겠사옵니까?"

박재훈이 말했다.

"조정에는 지금, 대량원군 마마를 지지하는 세력이 점점 줄고 있다네. 심지어는 황제 폐하마저도 말일세."

"도순검사는 그렇지 않으실 겁니다."

박재훈은 강하게 말했다.

"서북면 도순검사 말인가?"

"그렇사옵니다. 그분은 충신입니다. 아니 되면 그분에게라도 알리는 게 좋겠사옵니다."

"서북면까지 가서?"

거란과 국경을 맞대고 있는, 서북면은 요즘 가장 긴장감이 고조될 철이다. 거란의 기병이 얼어붙은 압록강을 건너 공격할 수 있는 때이기 때문이다. 박재훈이 휴가를 받을 수 있었다는 사실이 신기할 정도였다.

설령 서북면까지 가서 강조에게 알린다고 해도 그가 할 수 있는 일은 없었다. 더욱이, 여기서 나갈 수조차 없었다.

"이렇게 보니 도순검사, 저, 무원, 나리와 만났을 때가 기억나옵니다."

"원 참."

강감찬은 쓰게 웃었다.

"좌우간 중요한 건 말일세. 조정에 알렸다고 했으니 곧 어사대(고려 조정의 감찰 기관)의 대관급 되는 사람이 올지도 모르네. 그 사람에게 이것을 보여줘야 하는지 모르겠네."

강감찬은 김현이 마신 술병에서 나온, 검은 가루를 보이며 말했다.

"보여주는 편이 낫지 않겠사옵니까?"

무원이 말했다. 하지만 박재훈의 의견은 달랐다.

"지금 그걸 보였다가는 오히려 범인으로 몰릴 수도 있사옵니다."

"흐음."

강감찬은 잠시 생각한 뒤, 일단은 푹 쉬자고 했다. 대량원군을 해치려는 자들이 누구인지 짐작은 갔지만, 섣불리 건드릴 수도 없었다. 어쩌면 정말로 강조를 불러서라도 일을 내야 할지도 몰랐다.

며칠 후였다. 개경과 양주가 그리 멀지는 않다는 점을 감안해도, 조정에서 이토록 빨리 반응을 보일 줄은 몰랐다.

"형님!"

한 남자가 김치상의 시신에 얼굴을 묻고 통곡하기 시작했다. 그를 본 강감찬은, 아니 그 이름을 듣자마자 눈살부터 찌푸리고 말았다.

후임 양주 목사로 온 사람은 다름 아닌, 김치상의 아우 김치득이었다. 더욱이 그보다도 더 큰 일은 바로, 개경 조정의 좌복야인 김치양이 직접 왔다는 점이다. 그것도 황도의 군사들까지 동원한 채였다.

"폐하께서 파견하신 지방관을 누군가 죽였다면 이는 폐하를 해친 것이나 다름없소. 간단히 말해 대역죄란 말이오!"

김치양이 말했다.

김치상, 김치득 형제와 김치양 사이의 촌수는 몰랐으나 친척이었다. 이런 일이 있을 때 조사에는 관계자들과 친족의 개입은 금해야 하는데, 그것도 그 친척 중에서도 탐욕으로만 보면 형만 한 아우 없다가 아니라 형보다 더한 아우 있다고 해야 할 인물이 왔으니, 강감찬으로서는 골치가 아파질 뿐이었다.

"김웅 공이 외출도 되도록 자제하고, 밖에서 주무시지도 말라고 했다 들었소. 헌데 다 어겼을 뿐 아니라 그 따님까지 데려가셨다?"

김치득은 강감찬을 보며 물었다.

"형님이 돌아가셨소. 양주 목사가 호족 모임에 갔다가 갑자기 돌아가셨다?"

"허나, 어떻게 돌아가셨는지는 모릅니다!"

김치득은 자기 형이 죽었다는 사실에 분노하기도 했으나, 그보다도 양주 지방 호족들의 옷차림에 더욱 관심이 있는 것 같았다. 이들에게서 뜯어낼 재물이 얼마나 될지 계산하는 게 분명했다.

"그만들 하시오."

김치양이 말했다.

"김웅 공, 아우님의 갑작스러운 죽음에 조정에서도 조문을 보내기도 했잖소. 두 분 다 안융진성에서 공을 세웠으니 말이오. 헌데 양주 목사가 여기서 죽어 나가다니 이건 절대 그냥 넘어갈 일이 아니오. 그리고 서찰을 보기는 했는데, 양주 목사가 갑자기 광증이라도 걸린 듯 날뛰다가 말의 뒷발차기에 당했다고 했소?"

"그렇사옵니다."

김웅은 긴장을 감추지 못했다.

"김웅 공은 양주 지방의 전통 있는 성주이자, 지난 거란과의 전쟁에서 큰 공을 세운 분 아니오? 헌데 갑자기 이게 무슨 일이오? 직접 말씀해 주셨으면 하오."

"예, 대감."

김웅은 그 자리에서 김치양, 김치득 두 사람에게 김현의 갑작스러운 죽음과 함께, 그 장례식장에 조문 온 김치상의 사망 이야기까지 다 했다.

"정말 이상하구려. 강감찬 공이라고 했소?"

"그렇사옵니다. 좌복야 대감."

강감찬은 간단히 말했다.

"김현 공이 왜 거기에서 죽었는지, 그것도 광증에 걸려 죽었다. 갑자기 양주 지방에 광증이 유행하기라도 한단 말이오?"

"모르옵니다."

김치양의 명령 한 마디가 무슨 힘을 가졌는지 모르는 사람은 이곳에 없었다.

"거참, 골치 아프게 됐구려. 김현 공의 최근 행적은 어땠는지 아시오?"

"잘 모르옵니다."

강감찬은 솔직히 대답했다. 김현이 최근 대량원군을 만나러 신혈사에 갔다는 사실까지는 알았으나, 무슨 일로 만났는지는 알 수 없었다. 그런데 본의 아니게 독살 사건까지 겪었으니 조사할 수도 없었다.

"양주 목사가 죽었으니 여기 김치득을 후임으로 할 것이오. 임명장은 이미 받았소."

강감찬은 겨우 한숨을 감췄다. 앞서 언급했듯 김치득은 자기 형보다 물욕이 더 강한 인물이다. 그가 양주 목사가 된다면 호족과 백성들은 물론, 이 근방을 돌아다니는 상인들까지 얼마나 착취당할지는 뻔했다.

"허나, 양주 목사도 필요하지만, 이 사건을 조사할 어사대 대관은 오지 않았습니까?"

강감찬이 물었다.

"아, 대관 말이오? 어사대에서 적당한 사람을 뽑아 왔소. 그 사람은 지금 그 문제의 사건이 발생했던, 그 회의실에 있소. 아! 저기 오는구려."

강감찬은 그 회의실 현장을 보존하라고 김웅에게 미리 말해 두기는 했다. 하지만 오자마자 사람들을 만나기보다 현장을 보다니, 어사대 대관이 오히려 조사를 잘한다는 생각이 들기도 했다.

"처음 뵙겠습니다. 호족 여러분. 최준호라 합니다."

어사대 대관이라는데, 생각보다 젊었다. 20대 후반인 박재훈과 거의 비슷해 보였다. 그는 사건이 일어난 이야기를 듣더니, 고개를 갸우뚱했다.

"흠, 생각보다 이상한 일이오. 술자리에 있다가 갑자기 벌떡 일어나서 광증을 보였다니 말이오. 여기 있는 분들 모두 짜고 거짓 보고를 한 게 아니라면야…, 아, 이건 큰 실례가 되겠구려!"

"거짓 보고라니, 그게 무슨 말씀이오?"

호족 중 한 명이 언성을 높였다.

"종이나 무사들에게 물어보니 다들 비슷하게 말하더군요. 만약 여러분이 그들에게 거짓말을 하라고 강요하든지 했다면, 오히려 너무 정확하게 대답하거나 앞뒤가 맞지 않게 말할 테니 말입니다."

최준호는 조사를 위해 일부러 호족들보다 종이나 무사들에게 먼저 질문을 한 모양이었다.

김치양은 잠시 후, 한마디 했다.

"대량원군 마마가 위험하시다니, 이거 큰일이구려. 이번 사

건 조사를 위해 잠시 대량원군을 이 집에서 보호해 드리는
게 좋지 않겠소?"

"허나!"

강감찬이 말했다.

"뭐가 문제요?"

"아니, 이 집에서 변이 났는데, 어찌…!"

"그 절보다는 훨씬 안전하지 않소. 여기는 호위무사에 사
병도 빈틈없이 지키고 있는데!"

"양주 관군을 신혈사에 파견하는 게 낫지 않겠습니까?"

"관군을? 그 주변에 잘 만한 곳도 없는데 이 추운 데 군사
들까지 보내 지키게 하라는 것이오? 이번 사건 조사를 위한
것이니 절에 양해를 구하시오!"

강감찬이 반대의 뜻을 밝힌 이유는 아주 간단했다. 김치양
본인이 누구보다도 대량원군을 눈엣가시처럼 여기고 있는데
보호의 뜻을 밝히다니.

김치양은 김웅과 그 호족들을 한 번 둘러보았다.

"대량원군 마마께서 여기 잠시 머무는 데 반대하시는 분
계시오?"

호족들은 모두 답하지 않았다. 김치양의 명에 과연 누가
뭐라 할 수 있을까.

"좋소. 그렇다면 가서 모셔 오도록 하게!"

"아버지, 괜찮으시옵니까?"

방에 돌아오자, 무원이 강감찬에게 물었다.

"검은 가루 이야기는 꺼내지 마라."

"네?"

"김치득, 그자는 틀림없이 그걸 종이나 죄수에게 먹여서 그 효과를 확인하려 할 것이다. 아무리 종이라고 해도 그런 짓은 하게 할 수 없다. 그리고 그 말에 귀를 기울이지 않을 확률이 더 높고. 그리고 저들의 꿍꿍이를 알지 못하겠다."

강감찬의 말에, 무원도 박재훈도 할 말이 없었다.

"저 김치득이 형과 사이가 얼마나 좋았는지는 몰라도 저렇게 통곡하는 건 과시용이나 마찬가지다. 앞으로 무슨 일이 날지 모르지만, 그래도 이 가루에 대해 어떻게든 알아봐야 할 것 같다."

"소자가 가서 알아보겠사옵니다."

무원이 씩 웃었다.

"어떻게 알아보겠다는 것이냐?"

"몰래 빠져나가면 그만이죠."

무원은 모험심이 발동했다.

"여길 떠나면, 나리께서 난처해지지 않겠느냐?"

박재훈이 나서며 말했다.

"나야 어떻게 하면 그만이지만, 네가 위험해질 것 같다."

"위험은 각오해야 하옵니다. 대량원군 마마와 관련된 일 같은데 어찌 이런 위험 하나 무릅쓰지 않고 장수가 될 생각을 하겠사옵니까?"

"어디 가서 그 가루에 관해 알아보려고 그러느냐?"

강감찬이 물었다.

"그야…"

"원 녀석, 빠져나가는 데만 급한 것이냐?"

"약재상에게 물어보면 되지 않사옵니까?"

"아니다. 이천(오늘날 경기도 이천시)에 가라. 아마 선물이 필요할 게다. 내가 개경에서 받아 온 인삼이 있으니까 먼저 집에 들러서 그것을 갖고 가라."

9. 일본인 촌

무원과 박재훈은 다휘가 칼춤 연습을 하던 그 뒤뜰로 갔다. 역시 그곳의 경계는 생각보다 허술했다. 그녀의 얼굴을 한 번 더 보고 갈까 하다가 그냥 담장을 뛰어넘었다.

"어흠!"

순간, 헛기침 소리가 들렸다. 나지막했지만 무원의 동작을 멈추게 하기에는 충분했다.

"누, 누구십니까?"

"강감찬 공의 아드님이시죠?"

그는 어사대 대관, 최준호였다. 무원은 깜짝 놀랐다.

"도둑놈도 아니고 웬일로 담을 넘어 나오십니까?"

"그, 그게…."

"이리 오시지요. 당신이 나를 지금 그 칼로 베고 가거나 한다면, 당신에게 어사대 대관을 벤 죄를 묻게 될 겁니다."

무원은 경계했으나, 뜻밖에 최준호가 뭔가 트집을 잡으려는 것 같지 않았다. 두 사람은 곧, 근처에 있는 언덕으로 갔다. 뜻밖에 그곳에는 말이 두 필 매어져 있었다.

"아버님이 뭔가 심부름을 시키신 거 아닙니까?"

"네?"

"알고 있습니다. 만약에 뒤가 켕겨서 도망치는 거라면 아버님도 같이 그 담을 넘으셨겠지요. 지금 무슨 일인지 모르지만 비밀 행동을 하시는 거 아닙니까?"

"어떻게 아셨습니까?"

"어떻게 알긴요. 아버님이 얼마나 강직하고, 또 지방관으로서 얼마나 공명정대하게 백성들을 다스리셨는지 모르는 사람이 과연 있겠습니까?"

"예?"

무원은 바보처럼 되물을 수밖에 없었다. 이 사람도 김치양 쪽 인물이라고 생각했는데 그런 말을 하다니.

"저는 동경(오늘날 경북 경주시) 출신입니다. 동경이 원래 신라 도성이었다는 건 아실 겁니다. 당신 아버님이 동경유수를 하실 때, 어느 연못에서 개구리가 너무 시끄럽게 울어서 백성들이 잠도 제대로 자지 못한다고 민원을 냈는데, 사실 그렇지도 않았습니다. 개구리가 우는 건 당연한 거고, 하지만 신라 도성이라서 백성들이 고려에 대한 반감이 컸기 때문에 별 이유로 민원 낸 게 많았지요."

"그렇사옵니까?"

"헌데, 유수께서 연못가에 서서 부적을 태우자 개구리 울음소리가 그쳤습니다. 그래서 다들 놀라서 그때부터 유수를 따르는 사람들이 늘었죠. 사실 관속들을 시켜서 밤에 막대기로 연못을 휘저어서 울지 못하게 한 것이었지 뭡니까. 나중에 사람들이 속았다고 화를 냈는데, 유수께서 하신 말이 참 걸작이었습니다. '그대들이 원하는 건 신통력 가진 유수인가, 아니면 개구리 울음소리 그치는 건가?'"

최준호는 껄껄 웃었다.

"그 말씀이 맞지 않사옵니까?"

"그래서 그 일 있고 나서, 내가 당신 아버님을 정말 존경하게 되었습니다. 아니, 이야기가 더 길어지면 아니 되겠죠. 현장에 가서 봤는데, 이상한 점이 있었습니다. 바로 이거 말입니다."

최준호는 심지에 작은 불을 켜더니, 종잇조각을 내밀었다. 놀랍게도 그 안에는 김현이 마셨던 술병 안에 있던, 그 검은 가루가 들어 있었다.

"양주 목사가 죽었을 때, 술잔을 보니 이게 남아 있었소. 설마 술에 재를 타서 마시지는 않았을 것이고 말이오. 다른 사람 술잔에는 없었고. 그래서 좀 이상하다고 생각했소."

"그걸 어떻게 아셨습니까?"

"하지만 가기 전에, 아버님이 당신에게 무슨 심부름을 시키셨는지 말씀하시오. 말하지 않는다면, 당신을 당장 새 양주 목사 앞으로 끌고 갈 수밖에 없소."

끌려간다면, 자신은 물론 집안까지 큰 화를 입을지 몰랐다.

"이천, 이천으로 가라고 하셨사옵니다. 이 가루에 대해 알아보라고 하셨사옵니다."

"좋습니다. 다녀오십시오. 고을 입구까지 같이 가면 됩니다! 내가 보냈다고 하면 통과할 수 있을 겁니다!"

"자네 아버님이 덕을 많이 쌓으신 덕이구먼!"

박재훈이 말했다. 무원은 멋쩍게 웃고는 말을 달렸다.

그들은 우선 강을 건너 강감찬의 집으로 가서 인삼을 챙기고는, 다음 날 이천으로 출발했다.

그곳의 호족인 이천 서씨는 태조가 후백제를 공격할 때 하천을 건너는 길을 안내한 바 있고, 그 공으로 그 가문 사람들은 조정에서도 고위직을 지냈다. 15년 전 거란이 쳐들어왔을 때 외교로 그들을 물러가게 하고 고려가 강동 6주를 확보하게 하였던 서희 장군이 대표적인 인물이다.

무원과 박재훈이 이천에 가는 이유는 그 호족들을 만나기 위해서가 아니라, 일본인 촌에 용무가 있어서였다. 일본인 중에 독약을 다루는 데 능한 사람들이 많다고 들었기 때문이다. 9년 전(999), 도요미도(道要彌刀)라는 이가 고려에 귀화했고 그의 일족들이 이천에 정착했다.

"생각보다 큰 마을이구먼!"

박재훈이 말했다.

"그런데, 저거 콩밭을 멧돼지가 파헤친 모양인데? 그것도 한두 마리가 아닌 것 같아."

"그렇사옵니까?"

무원은 그쪽을 보았으나 별생각을 하지 않았다.

"멧돼지가 겨울에는 제일 골치지. 겨울에는 그 녀석들도 먹을 게 없어 마을까지 내려오니까 말이야."

"물론이옵니다. 들이받기라도 하면 큰일이 날 겁니다. 여기에도 사냥에 능한 사람들은 있지 않겠사옵니까?"

"그래도 나만큼 활을 쏠 수 있는 사람은 얼마 없을 것이다. 멧돼지 쓸개는 좋은 약재니까 약재상의 환심을 살 수도 있겠지!"

무원은 의원이나 약재상을 찾아보기로 했다.

"헌데, 여기서 그런 사람을 찾을 수 있을까 모르겠사옵니다."

"아버님이 여기로 보내셨으니 찾을 수 있을 거세."

일본인들은 9년이나 여기서 살기는 했지만, 복장은 고려의 그것과 차이가 좀 있었고, 곳곳에서 그가 알아듣지 못 하는 말도 들렸다. 사람들이 흘긋흘긋 쳐다보기는 했지만 큰 문제는 느껴지지 않았다.

"사형은 왜국 말 좀 할 줄 아십니까?"

"조금은 한다. 너는 모르느냐?"

"모르옵니다."

"여기 사람들은 그래도 10년이나 살았으니 고려 말들은 할 줄 알겠지? 실례하오."

"어인 일이십니까?"

한 사람이 대답했다.

"여기 의원을 찾고 있소."

"아, 멀지 않습니다."

그 사람은 금방 가르쳐 주었다. 무원과 박재훈은 곧 그리로 갔다.

"예, 무슨 일이시죠?"

"이것에 관해 알아보고 싶어서 왔소."

박재훈은 종이에 싼, 그 검은 가루를 내밀었다.

"으, 응?"

약재상은 그것을 보더니, 눈이 가늘어졌다.

"이것을 어디서 얻으신 겁니까?"

"너무 많은 것을 알려고 하지 마시오."

박재훈은 고개를 저었다.

"흐음···."

약재상은 가루 한두 알을 자신의 혀에 올려놓았다. 무원은 말릴까 했는데, 그 남자의 표정은 더욱 심각해졌다.

순간, 약재상은 문을 열더니 밖을 향해 왜국 말로 뭐라 외쳤다.

"응?"

박재훈이 벌떡 일어났다.

"피하는 게 좋겠네!"

무원도 일어나 밖으로 나가려 했으나, 언제였는지 몰라도 수많은 일본인이 몰려와 그들을 둘러쌌다.

"나리!"

무원은 칼을 뽑으려 했지만, 박재훈이 막았다.

"그러지 말게! 이거, 무슨 문제가 되오?"

그들은 대답하지 않고 두 사람에게 달려들어 결박했다.

"이봐! 우리는 조정에서 나온 관리라고! 잘못하면 관군이 이리로 올 것이야!"

무원이 소리쳤다.

"말씀하시지. 이 가루, 어디서 났나?"

약재상이 말했다.

"이봐! 우리는 군에서 나왔다! 우리가 돌아가지 않거나 하면 관군이 이리로 올 것이야!"

그들은 자신들끼리 왜국 말로 몇 마디 한 뒤, 둘을 끌고 가기 시작했다.

잠시 후, 두 사람은 그 마을에서 가장 큰 집 뜰에 무릎 꿇려졌다.

"흠!"

집에서 나온 사람은 도요미도, 즉 9년 전 망명을 신청한 일본인들의 우두머리였다. 나이가 꽤 들어 보였지만 눈매는 살아 있었다.[1]

"당신들, 뭐 하는 사람들이지?"

"조정 관리라고 하지 않았나!"

무원이 외쳤다.

"관리든 아니든, 이 가루 어디서 난 건가?"

"아는 가루인가? 우리도 뭔지 몰라서 확인하러 온 것이다!"

"이걸 쓰는 사람은 일본, 혹은 거란이나 여진에도 극히 드물다. 어떻게 하다가 이걸 손에 넣었는지 말씀하시죠. 나리!"

그의 말은 경어를 썼으나 태도는 그렇지 않았다. 오히려 조롱하는 투였다.

"그걸 먹으면 어떻게 되지?"

---

[1] 실제로 도요미도가 몇 살이고 일본의 어느 지방 출신이었는지는 모르나, 꽤 나이가 들었다고 설정했다.

"직접 먹어 보겠나?"

도요미도는 씩 웃으며 말했다. 무원은 입을 꽉 다물었다.

"먹지는 않아도 됩니다. 작년에 검은 가루로 인해 우리에게도 끔찍한 일이 있었는데 그 녀석이 누구인지 찾아다닐 수도 없고."

"그 녀석이라니, 누굴 말하는 겁니까?"

"됐고, 당신들은 이거 어디서 났는지 아직 말하지 않았어."

무원은 박재훈 쪽을 보았지만, 그는 눈으로 말하지 말라고 답했다.

"일단 저 창고에 가둬라!"

곧, 두 사람은 창고에 갇히게 되었다.

"이런 관리를 이렇게 다루다니!"

"무원이 너, 네가 군에 몸담고 있었느냐?"

박재훈이 말했다.

"사형이 그렇잖습니까!"

"관리 사칭도 불법이다!"

"이 와중에 겨우 그런 것을 불법이라고 하십니까? 그건 그렇고, 이 사람들 순진할 줄 알았는데 그렇지도 않사옵니다!"

"너는 모르는구나! 망명한 자들은 대개 자기 나라 권력 다툼에서 밀려나서 그런 것이다! 그러니 엄청 독한 사람들이지!"

박재훈은 핀잔을 주고는 주변을 살펴보았다.

"그나저나 사형, 탈출하는 게 좋지 않겠사옵니까?"

"탈출도 방법이긴 한데, 저 사람들 아무래도 뭔가가 있나 보네. 이야기해 보자고!"

"그나저나 추워서 어떻게 하옵니까."

창고 안은 추웠고, 불을 땔 만한 것도 없었다.

"저 가마니만으로 몸을 덥히든지 해야겠구먼!"

창고 한복판에는 빈 곡식 섬들이 쌓여 있었으니 그것으로 몸을 감쌀 수밖에 없었다. 그러고 있으니 거지가 된 기분이었다.

"그 도요미도라는 사람 몸이 조금 좋지 않은 것 같았네. 그러니 잘하면 될 것 같네."

"되다니요?"

"자네가 가져온 인삼 있잖나. 그것도 6년근이지?"

인삼은 오래 기르면 딱딱해지고 속이 상할 수 있으므로, 6년 동안 기른 6년근은 당시에는 개경과 강화도에서만 났기 때문에 매우 귀했다.

"그걸 주면 도요미도가 좋아하지 않을까?"

"고려 인삼이야 송나라나 여진족도 좋아한다고 들었습니다."

무원은 아버지에게 선견지명이 있다는 생각이 들었다. 그때였다.

"응? 사형!"

"왜?"

"뒤에서 무슨 소리가 나지 않사옵니까?"

"어디?"

두 사람은 뒤를 돌아보았다. 그러고 보니 뭔가가 창고 뒤를 파고 있었다. 누군가가 구하러 온 걸까 하는 생각에 보았더니 둥글게 생긴 코가 보였다.

"이런, 멧돼지잖아!"

"사람 냄새도 맡지 못했나?"

10. 깜부기

"쿠엑!"

멧돼지는 창고 안에 사람이 있다는 사실도 알지 못했는지, 벌떡 일어났다. 그러자 도요미도의 집에 있던 사람들 모두 일어났다.

"멧돼지다!"

"창고에 멧돼지다!"

곧 죽창과 몽둥이를 든 사람들이 달려왔다. 그 녀석은 거짓말 조금 보태서 송아지 정도의 크기였다.

"쿠에엑!"

사람들이 포위했지만, 그 큰 멧돼지에게 들이받히기라도 하면 큰일이었다. 그 때문에 어찌하지 못하고 대치 상황이 이어졌다.

"칼 어디 있더라?"

짐은 그들에게 압수당했으니, 칼을 쓸 수도 없었다.

"이 녀석아, 멧돼지를 칼로 어떻게 잡느냐?"

박재훈은 촌장 도요미도가 들고나온 활을 빼앗다시피 하여 자신이 직접 겨누었다. 일본 활은 사람의 키보다도 훨씬 커서 쓰기 불편했다.

"이런!"

멧돼지가 이쪽을 향해 달려들자, 박재훈은 침착하게 그 긴 활을 당겼다. 몇 보 가까이 오자, 활시위가 튕기며 화살이 날아갔다. 그것은 정확히 멧돼지의 미간에 명중했다.

"왓!"

두 명의 일본인은 박재훈의 활 솜씨에 놀라움을 감추지 못했다. 멧돼지는 화살에 매우 놀라 펄떡였지만, 급소를 정확히 맞은 탓에 금방 바닥에 풀썩 쓰러지고 말았다.

"이거, 큰일 날 뻔했구려!"

"스고이(대단하다)…."

"다행이오. 멧돼지를 잡았으니 말이오. 마을 잔치도 할 수 있겠구려!"

박재훈이 웃었다.

"정말입니다. 고맙습니다! 멧돼지가 밭을 망쳐서…, 뭐가 아프더라?"

"골치가 아프다고 해야지!"

"고맙소, 그놈의 멧돼지들 때문에 정말 골치들이 아팠는데 말이오!"

멧돼지를 잡는 데 성공하자, 도요미도는 두 사람에게 감사의 뜻을 표했다. 무원은 자신이 가져온 인삼을 주면서 묻기로 했다.

"호오, 이건 인삼 아닌가?"

도요미도는 눈을 크게 떴다.

"이거 삶아 먹으면 정말로 10년은 젊어지오? 산삼이나 인삼은 도저히 고려 걸 따라잡을 수 없어서 말이오."

그의 말에, 주변 사람들도 껄껄 웃었다. 무원은 뭐라 할 수 없었다.

"우리는 그저, 그 검은 가루가 무엇인지 알고 싶을 뿐…, 아니, 그게 무슨 약이고 그 때문에 여기서 무슨 일이 있었습니까? 알려 주신다면 그 일까지 해결할 수도 있을 겁니다."

박재훈이 말했다. 다행히 그는 인삼 달이는 법을 알고 있어서, 도요미도의 부엌 종들에게 그 방법을 알려주기도 했다. 잔뿌리는 무치고, 굵은 부분은 얇게 썰어서 꿀에 절여 먹어도 좋다는 말까지 덧붙였다.

"좋소!"

도요미도는 다음 날 말하자고 했다.

다음 날 아침이 밝았다. 무원은 빨리 알고 싶었는데 어떤 사람이 문을 열었다. 바로 그 문제의 약재상이었다. 그의 손에는 전날 박재훈이 가져온, 검은 가루가 든 봉지가 들려 있었다.

"어제 정말 고마웠습니다. 저는 두 분을 잡으라고 했는데…. 멧돼지 쓸개 잘 받았습니다."

그는 고개를 푹 숙였다.

"아닙니다. 사실 의심할 수도 있소. 이게 무엇인지 말해줄 수 있소?"

"사실, 저도 잘 모릅니다."

"그런데 우리를 가둔 것이오?"

박재훈이 물었다.

"작년 겨울 이맘때쯤 어떤 사람이 왔는데, 저는 그 사람을 언뜻 보기만 해서 기억하지 못합니다. 그런데 저의 스승님은 절벽에서 떨어져 돌아가셨고, 그 사람은 없어졌습니다. 그래서 관에 신고도 했는데, 그 사람이 누구인지는 알지 못했기 때문에 아직도 잡히지 않았습니다. 스승님은 우리 마을에서 가장 존경받는 분이셨습니다."

"우리를 여기 가둔 이유를 물었소."

박재훈이 말했다.

"그 사람이, 스승님에게 그 약에 관해서 물었기 때문입니다. 그런데 스승님이 곤란해하시는 것 같았습니다. 고려로 망명한 이상 이런 약으로 사람 해치는 건 그만둬야 한다고 하셨습니다."

"어떤 약이오?"

"깜부기와 여러 가지 독버섯 등을 조합하여 만들어 낸 가루입니다. 편하게 고려식으로 깜부기 가루라고 불러도 될 겁니다."

"깜부기? 그게 무엇이오?"

무원이 물었다.

"이상하게 춥거나 습한 곳에서는 밀이나 보리에 이것들이 기생하게 됩니다. 검은색이라서 고려 사람들은 깜부기라고 부르는 건데, 매우 독하지요."

"어떻게 독한 겁니까?"

"이것과 몇몇 독버섯을 말려서 빻아 만든 가루를 사람이 먹으면, 악몽을 꾸는 것과 비슷한 증상에 시달립니다. 눈앞에 촛불이 켜져 있어도 집안에 큰불이 나서 자기 몸에도 불이 붙는다고 착각하게 된다거나. 자기 몸에 뱀이나 벌레 같은 게 기어 다닌다고 느낄 정도입니다[2]. 어떤 개는 이것을 먹고 입이 새빨갛게 되었는데도 계속 돌을 씹었다고 합니다."

"그렇소?"

---

[2] 깜부기균은 환각성 마약 LSD의 원료. 하지만 본문에서 묘사한 증세와 제조법 등은 필자의 상상임을 밝힌다.

무원은 애써 감정을 감추며 말했다. 김현과 김치상도 비슷한 증상을 보였다.

"일본에서는 다른 영주나 무사를 암살하기 위해 별별 독을 만들어 내지만, 이건 그중에서도 가장 특이한 거라 쓸 수 있는 사람도 몇 명 되지 않을 겁니다. 추운 곳에서나 나오는데 스승님이 좀 추운 지방 출신이십니다."

약재상은 잠시 생각한 뒤 물었다.

"헌데, 이걸 어디서 구하신 것이옵니까? 거란이나 여진에서도 추운 지방에서나 볼 수 있는 건데…."

"그 사람이 당신의 스승님을 죽인 것이오?"

"스승님을 죽이고, 그분이 쓰신 약 제조법까지 훔쳐 간 것 같아서 지금도 이가 갈립니다. 그런데 그자가 혹시, 깜부기 가루 갖고 무슨 일이라도 저지른 것입니까?"

무원과 박재훈은 말없이 서로를 보았다.

"아마도 그런 것 같소. 하지만 우리도 모르오. 당신은 그 사람을 만나 보았소? 다시 만나면 알 수 있겠소?"

"아닙니다. 스승님 돌아가시고, 또 스승님이 전에 촌장님 병도 고친 적이 있어서 마을 사람 전부가 그 때문에 분노했습니다. 그래서 두 분이 오셔서 그걸 내밀었을 때 당장 잡은 것입니다. 하지만 스승님이 그런 걸 함부로 가르쳐 주시는 분도 아니고, 또 그걸 만들려면 시간도 오래 걸립니다. 춥고

습한 곳이라면 저기 거란이나 여진 땅의 강 하구나 그런 곳
이니까요. 거기다 무엇보다 밀이 자랄 때까지 기다려야 합니
다."

"그 사람이 어떻게 생겼는지 아십니까?"

무원이 물었다.

"전혀 기억나지 않습니다. 키는 보통이었고, 그거 말고는
특이한 게 없었···, 아, 모자가 좀 특이했습니다. 둥근데 테두
리 부분에 털이 많이 붙어 있었습니다."

"하지만···, 그 사람이 스승님을 죽인 게 맞소? 어떻게 하다
가 돌아가셨소?"

갑자기 박재훈이 약재상에게 물었다.

"저도 마을 사람에게서 들은 게 다인데, 산에 갔을 때 스
승님이 그 모자 쓴 사람이랑 같이 서 있는 모습을 보았는데,
조금 있다가 스승님이 절벽에서 떨어지셨다 하오. 그놈이 민
게 분명하고. 마을 사람이 절벽 밑으로 가니까 스승님이 '유
키노···'라고 하시고는 숨을 거두셨다 하오."

약재상은 고개를 저었다.

"나중에 가 보니, 스승님이 서 계셨던 자리, 눈 속에 이만
한 구덩이 같은 게 있었는데 그게 다였소!"

"유키노가 무엇입니까?"

무원이 물었다.

"일본 말로 '유키'는 눈을 말한다. 그렇다면 유키노는 '눈의'란 뜻이구나."

"사람 눈 말이옵니까?"

"아니, 하늘에서 내리는 눈이다."

박재훈은 근처를 보았다.

"당신 스승을 그 사람이 죽이지 않았을지도 모르오. 눈 이야기를 했다면 말이오. 사람이 죽였다면 그 사람이 날 밀었다, 그런 식으로 말하지 않았겠소?"

"예?"

약재상의 눈이 휘둥그레졌다.

"그곳으로 우리를 잠시 안내해 주겠소?"

"아니, 사형!"

무원은 일이 바쁜데 굳이 거기에 가야만 하느냐는 생각이 들었으나, 박재훈은 가자고 눈짓했다.

"여기가 그곳이오?"

"그렇습니다. 저 좁은 길이 지름길인데, 겨울에는 맹수가 나타날 수 있다고 하여 아무도 가지 않았습니다."

"제가 여기서 보았습니다."

마을 사람 한 명이 와서 말했다. 그가 바로 약재상 스승의 죽음을 목격한 사람이었다. 그는 무슨 이유에서인지 활과 화살을 들고 있었다.

"나중에 올라와 보니, 여기 눈이 움푹 파여 있었습니다."

"차가운데 눈 위에 앉아서 둘이 이야기를 했을 리는 없고…."

박재훈은 길과 절벽을 번갈아 보며 고개를 갸우뚱했다.

"그러고 보니, 여긴 정말 나무가 많아서 겨울에 위험할 수도 있겠사옵니다."

무원이 한마디 했다. 나무가 많다면 표범 등이 나타날 수 있기 때문이다.

"그 사람은 범인이 아닌 것 같소."

박재훈은 절벽을 보더니 말했다.

"예?"

"스라소니가 한 짓 같소."

"스라소니?"

"아, 당신들 살던 나라, 일본에는 스라소니라는 게 없지요? 거기는 호랑이도 표범도 없다 들었소. 스라소니는 표범보다 작고 삵보다는 큰 동물이긴 한데, 그 녀석도 만만치 않은 사냥꾼이오. 자기보다 덩치가 큰 동물도 공격할 정도니까. 당신 스승님도 몸집이 그리 크지는 않았지요?"

"저, 저보다 작으셨습니다."

약재상이 말했다.

"스라소니는 표범 등과는 달리, 겨울이 되면 마치 토끼처럼 털갈이하여 하얗게 되기 때문에 눈 위에서도 쉽게 눈에 띄지 않소. 그리고 그 녀석들은 텃세권이 넓어서 멀리까지도 사냥하러 다니기 때문에 그때 갑자기 나타났을 수도 있고, 여러분들이 그동안 몰랐던 것도 무리가 아니오."

"그렇다면!"

"그렇소. 사실 짐작이기는 하지만, 그놈은 눈 위에서 쉽게 보이지 않는다는 점을 이용해 일부러 눈 속에 구덩이를 파고 있다가 덮쳤고, 당신 스승님은 그놈을 피하다가 절벽에 굴러 떨어졌을 것이오. 그놈은 매복 사냥의 명수니 말이오."

"그걸 어찌 아십니까?"

약재상이 물었다.

"유키노라고 했는데, 그게 '눈 속에서'란 뜻이면 어떻겠소? 눈 속에서 뭔가가 튀어나왔다는 뜻이 될 수도 있잖소. 그런데 사람들이 오자 스라소니 녀석은 놀라 달아났고."

"허어."

약재상과 마을 사람은 고개를 저었다.

"뭐, 확실한 증좌(증거)는 없지만 말이오. 근처에서 그놈의 발자국이라도 발견되었는지 모르오."

"눈 위인데 발자국이 한두 개겠습니까?"

"그거 하나하나 다 기억할 수 있겠소? 스라소니는 귀 위에

까만 털이 길게 나 있고 표범이나 삵과는 달리 꼬리가 짧소. 하지만 그 녀석도 표범만큼이나 사나우니 조심해야 하오. 혹시 스승님의 소지품이 없어졌거나 하지는 않았소?"

"아까 말씀드렸지만, 스승님이 쓰신, 약 제조법이 적힌 책 일부가 없어졌습니다. 소인은 그 사람이 스승님을 죽이고, 그 책을 빼앗아 간 줄 알았습니다. 사실 그 스라소닌가 뭔가 하는 놈의 발자국은 없었지만, 사람 발자국은 근처에 있었으니 그렇죠."

약재상이 박재훈에게 말했다.

"그렇소? 뭐, 모르지만…, 책을 훔치기만 했을 수도 있소. 꼭 죽이고 빼앗아 갔다는 법은 없지 않소."

곧, 무원과 박재훈은 그 마을을 떠났다. 멧돼지 고기로 마을 잔치를 벌일 것이라고 그들도 초대받았지만, 살인사건을 조사해야 하므로 지체할 시간이 없었다.

깜부기에 관해 알게 되었다는 점은 수확이었다. 하지만 누가 그것을 어떤 방식으로 썼는지는 알 수 없었다.

11. 신혈소군

"강 공께서 어떻게, 좌복야 대감의 지시를 이렇게 대놓고 어기실 수 있소?"

김치득이 눈을 부라리며 물었다.

"분명히 양주 땅을 떠나지 말라고 했는데, 이러면 아드님이 범인이라고 해도 믿겠소!"

"내 아들이 범인이면 내가 왜 같이 떠나지 않았겠습니까? 금주 땅으로 가 봤자 금방 잡힐 테고, 그렇다고 조정 군사들과 싸워서 대역죄인 될 일 있습니까?"

강감찬은 태연하게 차를 한 모금 마셨다.

"이 사람은 황제 폐하의 명을 받고 왔습니다. 따라서 이 사람의 명을 어기는 건 황명을 어기는 것이나 마찬가집니다!"

'그런데 어째서, 조사하러 온 사람이 죽은 사람의 아우란

말이오?'

강감찬은 그 말을 속으로 삼켰다.

김치양은 김웅의 저택을 몇 번 둘러보기만 한 뒤, 양주 고을에 수상한 자가 있는지 보겠다고 하고는 곧 저택을 떠났다. 강감찬은 그가 왜 대량원군을 이리로 불러들였는지 알 수 없었다. 혹시 그를 여기서 해친 뒤 김웅에게 그 누명을 씌울 작정일까.

"최 대관이라고 했습니까? 그 사람은 어디 갔습니까?"

"그 친구도 이상하오. 조사하러 간다고 해놓고 자리를 싹 비워 버렸으니!"

강감찬은 김웅에게 몇 가지 더 묻고 싶었지만, 그는 대량원군을 모시러 간다고 하며 나가 버렸고, 김치득이 남아 있었다. 김치양 역시 김웅과 함께 나간 다음이었다.

김치득은 강감찬의 예상대로, 아들 무원이 밖으로 나간 사실을 따지고 들었다.

그때였다.

"대량원군 마마 납시오!"

승려 복장의 남자가 들어왔다.

"안녕들 하시었소."

대량원군이 말했다. 그는 '마마'라는 호칭에 별다른 반응을 보이지 않았다.

"어서 오십시오. 마마."

"만나서 반갑소. 내가 신혈사에서 지내기 시작한 지 벌써 3년째인데, 양주 지방 호족 여러분들을 이제 뵙다니 인사가 많이 늦었소. 오늘 초대해 줘서 고맙소."

"대량원군 마마, 신혈사는 지내시기 어떻사옵니까? 삼각산에도 호랑이가 다닌다는 소문이 도는데 말이옵니다."

김치득이 물었다.

"겨울에 호랑이들이 먹이가 부족하여 민가 근처까지 내려오기는 하오. 하지만 지낼 만하오."

"헌데 이 사람은 지금 강 공과 이야기를 좀 해야 할 일이 있으니 나가 보겠사옵니다."

"들어오면서 들었는데, 그 사람을 이번 김현 공 사건과 양주 목사 사건의 범인으로 의심하고 있는 것이오?"

대량원군이 조금 강한 어조로 물었다.

"사건과 관계된 사람은 모두 의심하는 게 이런 사건 조사의 원칙이옵니다."

"그 사람은 나를 구해줬습니다. 그를 의심하는 겁니까?"

"하지만 강 공은 좌복야 대감과 저의 지시를 대놓고 어겼습니다. 자기 아들을 빼돌렸습니다. 아무도 양주 땅을 떠나지 말라고 했는데 말입니다. 그 때문에 이제 다른 호족들도 나가지 못하게 되었으니 큰 민폐입니다."

"그렇소? 하지만, 나를 구해 준 사람이니 의심하지는 마시오. 그리고 조사를 한다면 이 사람도 좀 듣고 싶구려! 앉으시오!"

대량원군은 자리에 앉았다. 그의 신분이 신분인 만큼, 아무도 그에게 함부로 대할 수는 없었다. 김치득은 조금 언짢은 기색이었으나 말을 이었다.

"방금 다 끝났사옵니다. 솔직히 신은, 강 공께서 신의 지시를 어겼기 때문에 이를 문제 삼은 것이옵니다. 그런데 그 말이 사실입니까? 누군가가 대량원군 마마를 독살하려고 했다는 것 말입니다."

"그렇습니다. 사직을 위해서는 그게 더 중요한 일이오."

강감찬이 끼어들었다.

"아무래도 신혈사보다는 여기가 더 안전하지 않겠습니까? 호위무사들도 많이 있고."

당신이 있잖소. 강감찬은 속으로 그리 말하고는 대량원군을 보았다. 오랜 시간 동안 절에서 살다가 호화로운 저택에 오니 조금 어색했는지, 그는 주변을 둘러보기만 하고 있었다.

"마마, 우선 방에서 좀 쉬시고 이야기를 하는 게 좋겠사옵니다."

방으로 돌아간 강감찬은 이 상황을 정리해 보았다. 우선은 무원이 전해 주는 소식을 기다릴 수밖에 없었지만, 무엇보다도 김현이 했다고 한 말이 떠올랐다. 잘못하면 양주 호족이 몰살당할 수도 있다고 했다.

만약, 김웅이나 다른 호족이 대량원군 암살 시도와 관련이 있다는 말이라면 이는 대역죄에 해당하였다.

그때, 문이 열렸다.

"아니, 대량원군 마마!"

강감찬은 벌떡 일어났다.

"경황이 없어 인사를 못 했소. 날 구해줘서 정말 고맙소."

"아, 신하로서 마땅한 도리이옵니다."

"강 목사라고 부르면 되겠소?"

"그리하십시오. 앉으십시오."

대량원군은 한숨을 푹 쉬었다.

"원 참, 여기서 이러고 있게 될 줄은 몰랐소."

"마마. 어찌 여기까지 오셨사옵니까?"

강감찬도 대량원군의 심정을 모르지는 않았다. 그는 호랑이 굴에 들어온 것이나 마찬가지다. 김웅 공이 갑작스럽게 그를 초대하여 거의 강제로 오다시피 했는데, 이곳에 김치양은 물론 그 일족인 김치득까지 있을 줄은 몰랐을 것이다.

"마마, 너무 염려하지, 마시옵소서. 여긴 다른 호족들도 많으니 함부로 행동하지는 못할 것이옵니다."

강감찬은 그가 몇 번이나 자객에게 위협을 받았는지 알고 있었다.

"허나 마마, 왜 굳이 이 집에 오셨사옵니까?"

"김웅 공이 직접 와서 나를 데려왔소."

"네? 그럼 좌복야는 가지 않았습니까?"

강감찬은 뜻밖이라는 듯 말했다. 대량원군은 고개를 들었다.

"좌복야? 그 사람이 여기로 왔소?"

김치양은 신혈사로 가다가 도중에 다른 곳에 갔고 김웅이 그를 데려온 모양이었다.

"마마, 지금이라도 마마의 상황을 폐하께 알리면 폐하께서 절대 가만히 계시지 않을 것이옵니다."

"폐하께 보낸다고 한들 중간에 가로챌 사람들이 많지 않겠소."

대량원군은 거의 체념한 얼굴로 말했다.

강감찬은 누구든 고위 관리들에게라도 서찰을 보낼까 생각 중이었다. 순간 강감찬의 머릿속에 채충순(蔡忠順), 최항(崔沆), 황보유의(皇甫兪義) 등의 인물이 떠올랐으나, 문제는 이 집을 나갈 수도 없게 되었다는 점이다. 자신이 서찰을 부친다고 해도 김치득이 다 가로챌 것이다.

"마마, 심지를 굳게 하십시오."

산 넘어 산이라더니, 대량원군은 신혈사에서도 두 번, 아니
세 번이나 암살 시도를 당했는데 이번에는 더욱 위험한 곳에
들어온 셈이다. 김웅이 특별히 초대했다고는 하지만 사실상
거의 억지로 끌려온 것이나 마찬가지일 것이다. 김치득이 이
집을 완전히 폐쇄한 상태이므로, 언제든 대량원군을 암살할
시도를 할 수 있다.

문제는 김치상을 누가 왜 어떻게 죽였는가 하는 점이었다.
김치양이 그랬을 리는 없었다. 그는 친척이며 측근 중 한 명
이었고 양주 목사직으로 있으니 그를 통해 지방 호족들을 다
스리려고 했을 것이다. 아니면 차라리 김현이 죽었을 때 직
접 조문하러 왔다가 대량원군을 초대했을 것이다.

대량원군은 잠시 말없이 밖을 보다가 물었다.

"목사께서는, 금주 호족이시면서 왜 군이 여기까지 오셨습
니까?"

"조문 왔사옵니다. 그런데 여기서 양주 목사가 죽었으니
말입니다. 그러니 범인 잡을 때까지 여기에 발이 묶이게 되
었사옵니다. 허허허. 그런데 조금 이상하지 않사옵니까?"

"양주 목사가 죽은 사실 말이오?"

대량원군은 이미 들었는지 놀라지도 않고 말했다.

"그렇사옵니다. 그리고 아시겠지만, 김현 공도 양주 목사와
같은 방식으로 죽었사옵니다."

"무슨 일이오?"

강감찬은 간단히 설명했다. 두 사람 모두 이상한 증세를 보이다가 마치 사고처럼 죽었다고 했다.

"이상하구려."

대량원군도 인상을 쓴 채 말했다.

"그런 증상을 어떻게 하면 보일 수 있는 것이오?"

"잘 모르옵니다."

강감찬은 김현과 김치상의 죽음이 대량원군과 연관이 있을까 하는 생각이 들었다. 하지만 그렇다는 증좌는 없었다.

"헌데, 마마께서는 혹시 이번 독살 시도 말고 다른 일도 당하셨사옵니까?"

"그렇소. 자객이 온 적도 있소."

며칠 전 밤이었다. 구름 없이 보름달이 비추는 뜰 곳곳에 그림자가 짙게 드리워져 있었다. 하지만 그날 그곳에 들어간 어두움은 그림자만이 아니었다.

"쉿!"

두 사람은 근처를 둘러보았다. 주지의 방은 불이 꺼진 다음이었다. 다행히 어디에도 불이 켜지지 않았다.

"됐어, 망봐!"

앞장선 남자의 손에 들린 비수가 달빛을 받아 창백하게 빛났다. 남자는 재빠르게 손으로 문풍지를 뚫고는 잠겨 있는 문을 열었다.

문을 열자, 달빛은 방 안에 있던 침상을 비췄다. 이들의 목표는 바로, 그 위에 있는 사람이었다. 들어간 사람은 조금도 망설이지 않고 단번에 비수를 들어 이불 위로 내리꽂았다.

"응?"

평소와는 달리, 손에 오는 느낌이 달랐다. 그는 반사적으로 이불을 걷어 보았다. 그 밑에 있는 것은 여름도 아닌데, 죽부인이었다. 사람이 자는 모양으로 위장한 것이다.

"빌어먹을!"

"아니, 아니옵니까?"

밖에서 망을 보던 사람이 몸을 돌리며 물었다.

"젠장, 다른 곳인가? 여기라고 했잖아!"

"여기이옵니다!"

"뭐 하는 놈들이냐?"

그때 갑자기 저쪽에서 들리는 소리에, 두 사람은 매우 놀랐다. 곧 곰과 같은 덩치의 승려가 그쪽으로 달려갔다. 바로 도우였다.

"도둑이다! 도둑!"

곧 그 사람들은 달아났지만, 승려들이 모두 그리로 달려갔다.

"나무아미타불 관세음보살, 어찌 아직 젊은 이 왕손에게 이런 시련이…!"

진관은 이부자리와 그 밑에 깔린 짚을 걷었다. 그러자 꽤 큰 구멍이 나타났다.

"괜찮으시옵니까?"

"저는 괜찮습니다."

구멍 속에 있던, 대량원군이 대답했다.

"그 녀석들이 여기에 불을 질러 버리지는 않았으니 다행이옵니다. 거기가 불편하지는 않으십니까?"

진관은 무슨 일이 일어날지 알고 있었다.

"사람들이 나를 보고 신혈소군이라 부릅니다. 신혈사에 살고 있다고 말입니다."

황손에게는 그가 사는 장소를 따서 이름을 붙이기도 한다. 멀리 갈 것도 없다. 현재 황제의 어머니를 부르는 칭호인 천추태후 역시, 그녀가 사는 천추전에서 따 왔다. 소군(小君)은 출가한 왕자, 혹은 왕위 계승권 없는 왕자에게 붙이는 표현이라, 그는 신혈사에 사는 황손이라 하여 신혈소군이라 불렸다.

"어쩌면 그것도, 도우 그자가 이 사람의 신뢰를 얻고자 한 짓 같소."

대량원군은 한숨을 푹 쉬었다. 주변에 믿을 사람이 없다는 절망감 때문일까, 아니면 믿었던 사람에게 배신당했다는 분노 때문일까. 혹은 둘 다일지도 몰랐다. 겉으로는 자신을 지켜주는 척하면서 밥에 독을 타고 있었다니.

"김현 공과 무슨 대화를 하셨는지, 말씀해 주실 수 있사옵니까?"

강감찬은 그제야 슬쩍 이야기했다. 대량원군이 과연 자신을 믿어줄지 몰랐지만.

"김현 공은 내 아버지에게서 예전에 꽤 신세를 졌다고 들었소. 김현 공이랑 그 형님이 15년 전 안융진 전투에서 승리하는 데 결정적인 공헌을 한 건 아십니까?"

"어찌 모르겠사옵니까."

강감찬 역시 기억하고 있었다. 그는 그때 다른 곳에서 지방 수령을 지내고 있었지만, 유사시에는 군대를 몰고 북방으로 가야 했으므로, 전장의 소식에 항상 귀를 기울여야 했다.

"이 사람은 그때 갓난아기였을 텐데 말입니다. 김현 공이 아버지가 계셨던 사수현(오늘날 경남 사천)까지 직접 찾아가서 어떻게 하면 적을 막을 수 있는지 물으셨다고 했습니다."

"군대를 몰고 갔어야 할 텐데 사수현까지 먼저 갔다니 뜻밖이옵니다."

대량원군의 아버지인 왕욱(王郁)은 태조의 아들로서 점치는 데 능했다는 말을 들은 적이 있었다.

"김웅 공은 그 당시 안주 지방의 호족이었던 박진 공과 함께 군대를 끌고 안융진으로 가서 승리했고, 그 지휘관의 목을 베었다 들었소."

"그렇사옵니다. 소신도 웬만큼은 기억하옵니다. 김현 공과 아버님 이야기를 하신 것이옵니까?"

"그렇소. 그게 다요. 아, 그리고 그때 김웅 공이 거란군에게 피해를 본 발해인들을 양주로 이주하게 해 달라고 당시 폐하께 청하기까지 하여 많은 사람이 여기에 자리를 잡았다고 하오."

강감찬은 조금 이상했다. 대량원군이 신혈사에 간 것은 3년 전인데, 김현이 이제 와서 그 이야기를 했을 리가 없었다. 아무래도 그가 뭔가를 숨기는 것 같았다. 하지만 그렇다고 자신을 온전히 믿어 달라고 하기도 그랬다.

"황족이라는 게, 늘 위험하다고는 하지만 이 사람 같은 예도 없소. 도우라는 그 친구도 살갑게 굴긴 했는데…, 구해줬다고 믿어서 말이오."

12. 버드나무 밑에서

대량원군은 말없이 밖을 보았다. 강감찬은 그가 무엇을 보는가 하고 창밖을 내다보았다.

"우리 집 버드나무도 저렇게 멋지게 생겼을지 궁금하오."

"예?"

"너무 어렸지만, 아버지가 버들피리를 직접 만들어서 불어 주시곤 했던 기억은 나오."

"갑자기 웬 버들피리 말씀하십니까?"

"내가 집의 버드나무 밑에서 태어났기 때문이오."

대량원군은 그 방을 나온 뒤, 자신에게 배정된 방으로 들어갔다. 김웅의 손님방 중 가장 좋은 곳이기는 했지만, 호랑이 굴에 들어간 기분이었다.

김현이 며칠 전에 자신에게 찾아와서 아버지에게 신세를 진 적이 있다고 하기는 했지만, 김치양이 자신을 이리로 보냈으니 김웅도 한패가 분명했다.

그의 삶은 역사책에서도 보기 힘들 정도로 기구했다.

성종 11년(992) 7월이었다. 황제는 개경 황궁의 방에 들어앉아 홀로 술잔을 기울이고 있었다. 그가 그러는 일은 매우 드물었다. 그만큼 상심이 컸던 탓이다. 하지만 곧 들어온 소식은 그에게 더 큰 절망을 안겨 주었다.

"폐하, 아뢰옵기 송구하오나 헌정왕후께서…!"

내시의 보고에, 순간 술기운이 확 날아가고 말았다. 눈앞이 아찔해졌다.

"뭐라고?"

임신부들이 아이를 낳다가 죽는 일이야 당시에는 그리 드물지 않았지만, 왕후가 그렇게 될 줄은 몰랐다.

"아이는? 아이는 무사하냐?"

잠시 당황하던 성종이 물었다.

"아기씨는 건강하게 태어났사옵니다."

차라리 그 반대였다면 성종은 안심했을지도 모른다. 그런데 어찌 이런 일이 날 수 있는가. 성종의 마음속에서는 깊은 슬픔이 치밀어 올라왔다.

"이럴 수가…, 이 오라비가, 동생을 죽였구나!"

"폐하."

내시도 할 말이 없었다.

"바보 같은 녀석, 어쩌다가 그렇게 되었을꼬…? 왜, 왜 하 필이면 숙부님이었냐고!"

며칠 전이었다. 궁궐 안의 높은 전각에서 황도를 내려다보 던 성종은 궁에서 멀지 않은 어느 큰 집에서 나던 연기를 보 았다. 불이 난 것 같았다. 자기 숙부의 집이었다. 서둘러 가 서 불 끄는 일을 도우라고 지시하고는 불길이 잡히자 자신도 가 보았다.

"다친 사람은? 숙부님은 괜찮으신가?"

성종이 말했다. 넓은 뜰에 나뭇가지를 쌓아 놓고 불을 낸 것 같았다. 다행히 집에는 옮겨붙지 않았다.

"다친 사람은 없는지 물었다!"

집안의 사람들은 아무 말도 하지 않았다.

"아니, 폐하께서 하문하시는데 왜 말이 없나?"

내시가 나섰다.

"이거, 누가 의도적으로 불을 낸 것 같은데 무슨 일인가? 숙부님은 괜찮…, 응?"

성종은 순간, 경악하지 않을 수 없었다. 숙부인 왕욱은 전 혀 다치지 않았는데, 그 옆에 황제의 여동생이자 선제 경종 의 황후였던, 헌정왕후가 있었기 때문이다. 그보다도 눈에 띈

것은, 그녀의 부풀어 오른 배였다. 만삭이었다.

순간, 성종의 머릿속에 떠오른 옛 고사가 있었다. 신라의 장군 김유신은 자기 여동생 문희가 임신하자, 그녀를 불에 태워 죽이기 위해 집 한가운데 땔감을 놓고 불을 질렀다. 그러자 아이의 아버지인 김춘추가 그 불을 보고 달려와 그 사실을 알게 되었고, 그는 그녀와 정식으로 혼인하게 되었다.

이는 이야기로만 들었는데, 이번 일도 그때와 똑같이 누군가가 황제인 자신에게 알리기 위해 이런 게 분명했다.

왕욱은 버선발로 달려 나와 성종 앞에 엎드렸다. 헌정왕후도 마찬가지였다.

"네, 네가, 대체 어떻게 된 것이냐?"

성종으로서는 대신들 보기 부끄러움을 참을 수 없었다.

"폐하, 소첩…!"

"너는, 너는 네 언니와는 다를 줄 알았는데 오히려 더한 짓 아니냐? 임신이라니, 누구의 아이냐? 서, 설마…?"

성종은 왕욱과 헌정왕후를 번갈아 가며 보았다.

"숙부님, 조카입니다! 숙부님의 형님 딸이라고요! 아니, 그 전에 이 나라의 왕후란 말입니다! 헌데…!"

성종은 도저히 기가 막혀 말을 잇지 못했다.

"오라버니!"

헌정왕후는 폐하 대신 오라버니라 부르며 말했다. 그러면서도 그녀의 손길은 자동으로 자신의 배에 갔다.

"폐하, 일단은 환궁하시옵소서. 우선 마음을 추스르신 뒤 처분을 내리시옵소서."

내시가 다가왔다.

"좋다. 짐이 명할 때까지 한 사람도, 단 한 사람도 이 집에서 나가지 못하게 하라!"

고려 태조 왕건은 호족들과의 연합을 위해 그들의 딸들과 혼인을 몇 차례나 했고, 그러다 보니 아내를 29명이나 두게 되었다. 그중 한 명인 신정왕후 황보 씨와의 사이에서 대종 (추증)과 대목왕후를 낳았다. 대목왕후는 이복남매인 광종(4대 황제)과 혼인하여 경종을 낳았다.

대종(왕건의 7남)은 성종, 헌정왕후, 헌애왕후를 낳았다. 당시 황실에서는 근친혼이 일반적이었던 탓에, 딸들은 왕 씨 대신 아버지의 외가인 황보씨 성을 썼다. 황보 씨는 황주 지방의 호족으로서 당시 상당한 세력가였다.

헌정왕후는 언니인 헌애왕후와 함께 경종(5대 황제)의 비가 되었다. 경종은 그녀의 언니인 헌애왕후와의 사이에서 아들을 낳았으나 그 아들은 너무 어렸기 때문에, 사촌 동생인 성종에게 황위를 물려줬다. 헌애왕후는 아들 때문에 궁에 남았지만, 헌정왕후는 사가로 물러났다.

선제에게 아들이 없어서 황제가 된 성종은 그 정통성이 약한 편이었으나 그만큼 선정을 베풀었으며, 특히 유교 사상을 바탕으로 정치를 하려 힘썼다. 하지만 과부가 된 지 오래된 헌정왕후가 임신하다니, 그것도 그 아이의 아버지가 태조의 아들, 그녀의 숙부인 왕욱이라니, 유학을 중시하던 성종으로서는 날벼락이나 다름없었다.

"네 언니가, 승려와 사통을 한 것을 너도 잘 알 것이다. 그러자 여동생인 헌정왕후는 '오라버니도 과부와 재혼하시지 않았사옵니까?'라고 했다. 물론 고려에서 과부의 재가는 허용되고 있으나 왕후의 재가는 아니 된다. 그리고 짐은 유학을 장려하는 차원에서 이를 점차 금하려 했는데, 황실에서 먼저 모범을 보일 생각은 안 하고 왕후 둘이 모두 불륜을 저지른 것이냐?"

"폐하, 이 여동생을 몇 번이나 찾아 주셨사옵니까? 아니, 부르셨사옵니까?"

헌정왕후는 원망이 가득한 얼굴로 성종을 보았다.

"그게 무슨 말이냐?"

"황제 폐하는 천하에서 가장 바쁘신 분이라는 거 알고 있사옵니다. 헌데 혈육인 오라버니도 이 몸을 살펴 주시지도 않고! 소첩도 여자이옵니다. 보통 집 여자들은 좋아하는 남자를 만나 혼인도 하고, 아이도 낳아 살고 있는데 이 몸은 잘 알지도 못하는 선제 폐하와 혼인했사옵니다. 그것도 집안을 위해서라는 거로 아옵니다. 하지만 자식 하나 얻지 못한 채 과부가 되고, 그다음에는 궐을 나가 이대로 홀로 늙는다고 하니, 앞길이 캄캄했사옵니다! 의지할 만한 사람도, 키울 자식도 없이 살아야 하옵니까?"

"말했다시피, 너는 왕후다! 그리고 그 상대가 왜 하필이면 숙부님이냐고! 천하가 모두 황실을 비웃을 것 아니냐! 왕후라면 마땅히, 사직과 황실을 자기 자신보다 더 우선시해야 하는 것 아니냐!"

성종의 분노는 극에 달했다.

"죽이시옵소서. 그렇게 해서 황실의 체면을 살릴 수 있다면 죽이시옵소서! 이 배 속의 아이도 함께 말이옵니다!"

헌정왕후는 모든 것을 체념한 듯 울며 말했다. 성종은 잠시 생각한 후 고개를 들었다.

"아무도 없느냐?"

"예, 폐하!"

내시인 고현이 들었다.

"종실 어른이라고 해도 죄를 지었으면 벌을 받아야 한다. 특히 인륜을 저버린 건 대죄로 죽음에 해당하나, 종실 어른에 대해 예우를 하겠다. 왕욱을 당장 사수현으로 유배하라!"

"폐, 폐하! 저도 같이…!"

헌정왕후가 말했다. 성종은 눈을 부릅떴다.

"너도 같이? 말도 아니 되는 소리 하지 마라! 홀몸도 아닌데 집에 가서 몸조리나 해라! 너에 대한 처분은 아이가 태어난 다음으로 보류하겠다!"

며칠 후, 왕욱은 황명대로 유배를 떠났다. 헌정왕후는 찢어지는 마음을 안은 채, 그 행렬을 보고 있을 수밖에 없었다.

"마마, 이제 들어가시옵소서. 만삭이신데…!"

몸종이 말했으나, 헌정왕후는 그 유배 행렬이 눈에 보이지 않을 때까지 보고 있었다. 몸종이 말했다.

"그래도 유배형으로 끝난 것만도 다행이옵니다."

"아니다."

그녀의 눈에서는 눈물이 흘러내렸다.

"이 아이는 어떻게 하라고? 이왕 가는 거 같이 가게 해 주시지, 폐하는 너무도 가혹하시다! 으, 윽!"

순간, 헌정왕후는 배에서 진통을 느꼈다.

"아악!"

"마마!"

하인들이 달려왔다. 헌정왕후는 나무 밑에 주저앉았다.

"나, 나오려고 해…!"

헌정왕후는 자기 머리 위에 늘어뜨려진 버드나무 가지를 붙잡았다. 얼마 후, 나무 밑에서 아이의 우렁찬 울음소리가 들렸다.

"이 오라비가 동생을 죽였어. 이 오라비가…!"

한참을 탄식하던 성종은 고개를 들었다.

"아들인가, 딸인가?"

"아들이라 하옵니다."

"그 아이는 뭐라고 불러야 하는 건가? 그래도 태조 대왕의 손자는 맞으니까, 일단 육아 담당 궁녀와 유모를 붙여줘라."

성종은 한숨을 푹 쉬었다. 여동생 두 명이 다 황후였는데 어찌 모범을 보일 생각을 하지 않고 남자 때문에 인생을 망치게 된 걸까.

성종은 아이에게 순(詢)이라는 이름을 지어 주었다. 그런데 육아 담당 궁녀는 꽤 재치가 있었는지 아이에게 '아비'라는 말을 반복하여 가르쳤다. 2년 후, 성종은 왕순이 '아버지'라는 말을 하자 순이 아버지를 그리워한다고 여겨 사수현에 있는 왕욱에게 보내 주었다.

왕욱은 그동안 헌정왕후를 그리워하며 살다가 처음으로 본 아들을 만나 크게 반가워했다. 그 덕에 왕순은 처음으로 사랑을 받으며 살 수 있었다. 하지만 몇 해를 가지 못해(996) 왕욱은 죽었고, 왕순은 개경으로 다시 올라왔으나 그 이듬해 외삼촌인 성종도 세상을 떠나고 말았다.

6대 황제 성종이 세상을 떠나자, 5대 황제 경종의 아들인 현 황제가 황위를 계승했다. 하지만 그에게 아들이 없었던 탓에, 황제는 다음 황위 계승자를 왕순으로 지정하고 대량원군으로 봉했다.

물론 황제와 대량원군의 관계는 복잡했다. 대량원군은 왕욱과 헌정왕후의 아들이니, 현 황제에게는 삼촌이면서 또 이종사촌 동생이기도 했다. 하지만 부계와 모계 모두 태조의 후손인 만큼 가장 고귀한 핏줄을 타고났다고 할 수 있다.

문제는 이 일에 대한 평판이었다. 백성들은 물론, 외국에서도 간자 등을 통해 대량원군의 출신 성분을 다 알 테니 정통성도 미약한 데다, 황실의 이 어이없는 사건을 다들 비웃을 게 분명했다.

대량원군의 탄생이 황실과 조정 대신들, 호족들에까지 다 알려졌으니 더 이상 비밀은 아니었다.

'나중에 역사가 이 일을, 또 나를 어떻게 평가할지 모르겠네.'

대량원군은 한숨을 푹 쉬었다. 김웅의 집인 만큼 잠자리는 사찰의 그것보다 훨씬 편안했으나, 마음은 그렇지 않았다.

'강 목사에게 더 말해줄 수 있었으면 좋았을 것을…, 하지만 황위 계승이라는 건 심지어 태자라고 해도 쉽게 입에 올릴 수 있는 게 아니오. 정통성이 부족한 이 몸은 더욱 그렇고.'

아버지인 왕욱이 죽었을 때, 대량원군은 다섯 살이었다. 하지만 그는 아버지를 닮아서인지 글도 그때 웬만큼 익혔다. 거기다 왕욱은 점을 잘 치기도 했다.

왕욱이 병석에 누워 있을 때의 일이었다. 그는 아무래도 자신이 오래 살 것 같지 않아서 대량원군을 불렀다.

"네 어머니가 산에서 소변을 봤는데 그게 홍수가 되어 황도를 완전히 물바다로 만드는 꿈을 꾸었다고 했다. 그건 왕을 낳을 태몽이라고 했는데 말이다. 그런데 이번에 내가 네 앞날을 점쳐 보니, 네가 황제가 될 것이구나. 참, 이상한 일이지. 난 네 어머니의 앞날은 알았어도 내가 황제의 아비가 될 줄은 몰랐으니 말이다."

"아버지?"

"이 이야기는 아무에게도 하면 아니 되느니라!"

왕욱은 조정에서의 일을 듣고 있었다. 당시 황제였던 성종에게도 아들이 없었으니 그 뒤를 이을 사람은 헌애왕후의 아들인 왕송, 그도 아니면 헌정왕후의 아들인 왕순, 즉 대량원군이었다. 물론 나이도 많고 경종의 아들인 왕송이 다음 황위를 이을 것은 분명했으나 그가 아들 없이 죽거나 한다면, 대량원군이 그 뒤를 이을 것임은 확실했다.

왕욱은 집 우물을, 정확히 말하면 그 옆의 버드나무를 보았다.

"네 어머니가 그 버드나무 가지를 붙잡고 너를 낳았다고 한다. 그 나무는 전에 태풍 때문에 네 어미 집에 있던 게 부러져서, 내가 새로 선물해 준 것이다. 그리고 저 나무는 바로 그 나무의 가지를 잘라 오라고 해서 여기 심었다."

"예?"

"너는 저 버드나무처럼 되어야 한다. 부드럽고 잘 흔들리는 것 같지만, 가지만 잘라서 심어도 금세 크게 자라는 아주 강인한 나무다. 백성들에게는 그렇게 부드럽게 대하더라도, 어떤 상황에서도 살아남을 수 있어야 한다!"

그로부터 얼마 가지 않아, 왕욱은 세상을 떴다.

'김치양, 그자도 매우 급했던 모양이네. 이번 기회에 나를 아주 없애려고 여기 오라고까지 했으니 말이다. 하지만 다음 황제는 바로 나다!'

대량원군은 자신이 황제가 될 것임을 알고 있었다. 하지만 이를 반대하는 자들이 많다는 사실도 분명했다. 그중 한 명이 바로 김치양이었다.

13. 논란

대량원군은 강감찬 덕에 한 번 안심했다. 하지만 이번에 더 큰 위험이 오고 있다는 사실은 알 수 없었다. 김웅이 자신을 초청한 줄 알았다. 동생의 죽음으로 슬펐을 사람이 갑자기 자신을 부르다니 이상하다고 생각하긴 했는데 알고 보니 김치양이 있었다. 호랑이 굴에 들어온 셈이다.

물론 아무리 그라고 해도 이렇게 호족들이 모인 곳에서 간단히 대량원군을 없앨 수는 없을 것이다. 여기 있는 사람이 모두 한패가 아니라면 그렇다. 하지만 강감찬은 자신을 구해 줬다. 따라서 그를 믿어도 되었다.

그때였다.

"좌복야 대감 납시오!"

밖에서 목소리가 들렸다. 김치양, 대량원군에게는 이모부(?)라고 할 수 있는 인물이었다.

"대량원군 마마?"

김치양은 정중히 인사했다. 명목상 그는 신하이고 대량원군은 황손이니 그렇겠지만, 지금은 가장 큰 적이다.

"오랜만이외다."

"신혈사 쪽은 어떠시옵니까? 요즘 호랑이가 들끓는다고 들었는데 말이옵니다."

"지낼 만합니다. 하지만 호랑이 이야기는 들었어도 보지는 못했습니다."

"보지 못하는 게 더 낫지 않습니까. 보면 그다음에는 큰일이 날 테니 말입니다."

김치양은 웃었다. 하지만 대량원군은 그러지 않았다.

"헌데, 신혈사까지 이 사람을 데리러 왔을 때 왜 좌복야께서는 오지 않으신 겁니까?"

"그러려고 했는데, 요즘 암살당하실 뻔했다고 하시고 그 때문에 수상해 보이는 사람이 있어서 직접 쫓아갔사옵니다. 결례를 용서하시기 바랍니다."

"그래서, 잡았소?"

"잡았는데, 수상한 사람은 아니었사옵니다. 그냥 사냥꾼이었사옵니다."

"발해인 촌에 사냥꾼이 많다는 건 아실 것이오."

"그렇사옵니다. 허나 이번에 위험한 일이 생겼으니, 이번 사건을 조사하는 동안 김웅 공의 댁에서 잠시 머무시지요."

"김웅 공도 아우를 잃었는데, 머물면 민폐가 되지 않겠소?"

"황손이시고 지금 위험하신데 지금 그 일이 가장 중요하지 않겠습니까? 그러면 소신은 조정에 일이 많아서 이만 돌아가 겠사옵니다. 필요한 건 여기 있는 새 양주 목사, 김치득에게 명하시면 뭐든 필요한 것을 준비해 드릴 것입니다. 황도는 잠시만 비워도 일이 쌓이옵니다."

김치양은 뻔뻔하게 웃으며 말했다. 강감찬은 그런 그와 대 량원군을 번갈아 가며 보았다.

"그렇게 하십시오."

김치양은 인사를 한 뒤, 김치득의 배웅을 받으며 말에 올 랐다. 그도 급히 온 것 같기는 하지만 이렇게 금방 돌아갈 줄은 몰랐다.

얼마나 시간이 지난 후였다. 문을 지키던 관군 한 명이 집 안에 들어섰다.

"나리! 누가 화살을 지고 왔사옵니다!"

"누군가?"

군관이 나섰고, 곧 김웅의 청지기도 따라나섰다.

"성주님께서 주문하신 화살이 완성되어서 배달하러 왔사옵 니다!"

한 남자가 꾸러미를 실은 지게를 지고 들어오려 했다. 그는 저택 주변에 경비가 강화되어 있었고 그들의 관군 복장을 보자 놀랐다.

"웬 화살인가?"

군관이 막아서며 물었다.

"이 사람은 궁시장이(활과 화살 만드는 사람)고, 이건 성주님이 직접 주문하신 것이옵니다. 성주님 활 솜씨 유명하잖사옵니까."

청지기가 나서며 말했다. 김치득은 고개를 저었다.

"지금 여기에 사람들이 이렇게 많이 드나들면 곤란하네! 화살은 저기 창고에 따로 두게!"

"그런데 왜 이것뿐인가? 이 두 배는 주문하지 않았나?"

청지기가 말했다.

"워낙 단숨에 다 쓰시니 우선 전에 말씀하신 것만 가져왔고, 대나무 화살은 좀 더 기다려야 하옵니다."

"됐으니까 가봐!"

군관이 외쳤다. 강감찬은 따로 기다리는 사람이 있었기 때문에, 밖에서 오는 사람에 대해 신경을 기울일 수밖에 없었다.

"나리! 김 공께 약재 배달을 왔다고 하옵니다!"

그 말을 들은 김웅의 청지기가 나갔다.

"주문하신 약이 다 되어서 왔는데, 왜 이리 경비가 삼엄하옵니까? 보니까 호위무사들도 아니고 관군 아니옵니까?"

한 남자가 서 있었다. 그는 키가 강감찬만큼이나 작았기 때문에 눈에 띄었다.

"그거 우리가 좀 확인해도 되나? 그리고 신분을 밝히게."

군관이 나서며 말했다.

"그러십시오. 소인은 발해인 촌에서 의원을 하는, 장민규라고 하옵니다. 성주님도 소인을 잘 아시옵니다."

강감찬은 슬쩍 그를 보았다.

"아니, 선재(禪齋) 스님 아니십니까? 여기는 어인 일이십니까?"

장민규가 가리킨 사람은 바로, 대량원군이었다.

"어허! 일 끝냈으면 가 보게! 지금 중요한 일이라네!"

군관이 장민규를 끌어내며 말했다.

"그 사람은 내가 아는 사람이오!"

대량원군이 나섰다. 장민규는 그를 보더니 말을 걸었다.

"아니, 상을 당했는데 염불하러 오신 건 아닐 테고, 어인 일로 오셨사옵니까?"

"일이 좀 있소."

잠시 후, 다시 종이 와서 문을 두드렸다.

"아니, 뭔가?"

"강감찬 나리의 아드님이 돌아왔사옵니다."

"그래?"

김치득은 아니꼽다는 얼굴로 무원과 강감찬을 번갈아 가며 보았다. 그러자 최준호가 나섰다.

"어서 오시오!"

"어떻게 되었느냐?"

강감찬이 물었다. 최준호는 보란 듯, 무원을 따라왔다. 강감찬은 약간 의아한 얼굴로 무원과 박재훈을 보았다.

"아버지, 사실…."

무원은 별수 없이, 자신이 몰래 나가다가 그에게 들켰지만, 그가 눈감아 줬음을 밝혔다.

"원 녀석, 가려면 들키지 않을 방법을 택했어야지!"

"좌우간, 아드님이 뭔가 알아 오신 것 같습니다? 이왕 하는 거, 다른 호족 분들 있는 데서 말씀드리는 게 나을 것 같습니다."

"무슨 소린가?"

김치득은 최준호를 보며 말했다.

"양주 목사 나리의 형님, 그리고 김현 공이 같은 약을 먹고 그런 증세를 보였다는 말이 있사옵니다."

잠시 후, 사람들은 모두 큰 방에 모였다. 김치득은 대량원군에게 상석을 양보하기는 했으나, 보란 듯 그다음 자리에 앉았다.

"이걸 먹으면 사람들이 악몽을 꾸는 듯한 환상을 보고 도망치다가 그만 자해하고, 그렇게 된다고 하옵니다. 잘못해서 절벽에 몸을 던질 수도 있다고 하옵니다."

"아니, 그런 약이 있소?"

"무서운 약이구려!"

박재훈의 설명에 호족들이 웅성거리기 시작했다.

"그러니 소생이 보기에 그 사람은 그 약재상의 스승에게 깜부기에 관해 알아보거나, 아니 훔치러 간 것 같사옵니다. 그 모자는 발해인 특유의 모자인데 말이옵니다."

"발해인들 중에 약재를 잘 다루는 사람이 많은데, 발해인 촌에 들어가서 철저히 수색하는 게 좋겠소?"

김치득이 말했다. 그러자 최준호가 물었다.

"우선, 김웅 공께 여쭙겠습니다. 이 약에 관해 알고 계셨습니까?"

"금시초문이오. 그런 약이 있었소?"

"강감찬 공께 여쭤보겠습니다. 김현 공께서 이 약을 드시고 죽은 게 확실합니까?"

"그렇게 생각하오. 김현 공의 약과 양주 목사가 먹고 죽은 그 잔에서 같은 가루가 발견되었으면 그렇다고 봐야 할 것이오."

"그런데 왜 진작 말씀하지 않으셨습니까?"

"잘 알지도 못하는데 함부로 말할 수 없었기 때문이오."

"깜부기를 이용해서 그렇게 무서운 약을 만들어 내는데, 그걸 만들 수 있는 사람은 왜국이나 거란, 여진에서도 찾아 보기 어렵다고 합니다."

박재훈이 대답했다.

"헌데 좀 이상하오."

가만히 있던 대량원군이 한마디 했다.

"무엇이옵니까?"

"김현 공에게 술을 먹인 사람은 강 목사 댁에 그의 종인 척하면서 들어갔다가 김현 공이 있는 방으로 들어가서 먹였 다고 하지 않았소?"

"그렇사옵니다."

"이른 아침인 건 둘째치고 김현 공 정도 되는 사람이, 강 목사가 방에 들어오기도 전에 그 술에 손을 댔겠소? 거기다 급한 일이라고 했는데, 급한 일을 술 먹고 의논할 분도 아니 오."

대량원군 역시 강감찬과 같은 의문점을 댔다. 그러고 보니 김현이 죽은 그 현장에 쏟아져 있던 술은 꽤 따뜻했다. 그 일과 관련이 있는 걸까. 그리고 대량원군은 자신에 대한 독살 시도와 이 사건의 연관성 이야기는 꺼내지 않았다.

"강 목사께 여쭤보고 싶은데, 김현 공이 서찰이나 뭔가를 갖고 있었소?"

대량원군이 물었다. 강감찬은 조금 눈치를 보았다.

"아니옵니다. 있었으면 제가 김웅 공께 줬을 겁니다."

"이상하구려. 그러면 김 목사…, 지금 목사의 형님 말이오. 김치상 목사는 자신이 직접 호족 여러분에게 술을 따랐다고 하지 않았소?"

"그렇사옵니다."

김웅이 대답했다.

"김 목사의 잔에는 김웅 공이 따랐는데, 그렇다면 공이 범인이란 말이오?"

대량원군의 말에, 모두의 눈길이 김웅을 향했다.

"농담하십니까, 다들? 제가 왜 김 목사를 살해하겠습니까? 그리고 내 아우가 같은 증세를 보였다고 했는데, 그렇다면 제가 제 아우까지 죽였단 말입니까?"

김웅이 말했다.

"흐음?"

김치득은 자리에서 일어나더니 김웅 쪽으로 갔다.

"김웅 공, 당신만 형제를 잃은 게 아니라는 거 아시죠?"

"목사 나리!"

최준호가 나섰다.

"강감찬 공, 이번 일은 사실 모두 공과 관련이 있다는 거 아십니까? 거기다, 목사 나리의 지시도 어기고 아들을 이천에 보내지 않았습니까!"

"말씀드리지 않았습니까. 그 검은 가루가 무엇이고 그것 때문에 죽었는지 알 수 없어서 알아보러 갔다고."

"그건 우리 대관이 할 일입니다. 월권이지만, 이번은 그냥 넘어가겠습니다."

강감찬은 당황하지 않았다. 이 정도는 예상하였다.

"하지만 여러분들도 아시겠지만, 이번 일과 대량원군 마마 독살 시도 사건이 관련이 있는지 아닌지는 모르지만, 현재로서는 마마를 지켜 드리는 게 가장 우선이라 사료됩니다."

"마마를 지키기 위해서라도 범인을 잡아야 하고, 범인을 잡으려면 마마 독살 시도 사건과 다른 독살 사건과의 연관성을 밝혀야 하지 않겠습니까?"

김치득이 말했다.

"대량원군 마마, 그러니 이제부터는 조정에서 온 호위무사들이 철저히 호위하겠사옵니다. 오늘은 이 정도로 끝내고, 그 검은 가루…, 깜부기라고 했습니까? 어사대에 알리면 그것을 조사하라는 지시가 내려질 것입니다."

"우리는 언제까지 여기 있어야 합니까?"

호족 한 명이 말했다. 김치득은 눈으로 답을 대신했다.

"이건 다른 이야기지만, 김웅 공께 하나 여쭤보고 싶은 게 있소."

대량원군이 말했다. 다들 그를 보았다.

"말씀하시지요."

"요즘이 사냥철인데, 왜 입산을 금지했습니까?"

"산사태가 심하게 나서, 사람들을 보내 복구공사를 하고 있사옵니다. 특히 물길이 갈라져서 잘못하면 농사짓는 데 불편할 것 같습니다."

"산사태는 여름에 났는데, 왜 아직도 공사를 하고 있습니까?"

"그런 거야 그쪽에 전문인 일꾼들이 더 잘 알 것입니다. 그렇다고 독촉할 수도 없고 해서 그냥 두고 있사옵니다."

"겨울인데, 이 추운 날씨에 공사를 합니까?"

"그래서 그들에게 줄 노임도 엄청나게 나옵니다."

"송구하오나, 지금은 그게 중요한 게 아닌 것 같사옵니다."

김치득이 끼어들었다.

"대량원군 마마를 해치려 하는 자가 있다는 것, 그리고 그 일 때문에 소신의 형님이 돌아가셨다는 게 중요하옵니다. 그러니 군관들을 시켜 이 집과 손님들 짐까지 샅샅이 다 뒤져

서 그 깜부기 가루라는 걸 찾아야 하오니 허락해 주셨으면
하옵니다. 그리고 발해인 촌에도 관군을 보내 약을 잘 다루
는 사람을 찾아와서 조사하도록 하겠사옵니다."

"관아로 데려갈 것이오?"

"그렇사옵니다."

"우리 짐을 모두 뒤진단 말이오?"

호족 한 명이 불만스러운 투로 말했으나, 김치득은 손을
내저었다.

"진작에 하지 않은 게 업무 태만이었소!"

14. 호랑이 사냥

김웅은 뒤뜰에 나와 있었다. 그곳에는 그의 전용 활터가 있었다. 마음이 어지러울 때는 활을 쏘는 일이 도움이 되었다.

"정말 이상해, 이상해…."

안융진 전투 때 적의 선봉장을 한 발에 잡은 솜씨도, 역시 의문이 가득한 마음으로는 발휘되지 않았다.

"김웅 공!"

김웅은 뒤를 돌아보았다. 강감찬이 서 있었다.

"어인 일이시오?"

"공의 활 솜씨는 최고라 들었는데, 헛소문이었거나 녹이 슨 것이오?"

"다 보고 있었소?"

"따님 칼 솜씨도 상당하던데 말이오."

"다휘 그 녀석, 손님들 다 있는 데서 계집애가 경망스럽게…. 그 녀석도 아비보다 숙부를 더 따르더니…."

"허허허, 자녀들이 뭐 제 아비 바라는 대로만 자랍니까. 별일 없이 자란 것만도 고마운 일 아닙니까."

"자식 이야기하러 오신 건 아닐 테고, 하실 말씀이 있습니까?"

"솔직히 뭐, 이 사람에게 서운한 게 많을 텐데 말입니다."

강감찬은 씩 웃었다.

"그때는 그랬소. 하지만, 공 말씀이 맞잖소. 황명이라고. 또한 나라가 새로 세워졌으니 호족은 약해지고 나라의 힘이 강해져야 한다고 말이오. 하지만 솔직히 호족이 그저, 명예만 있는 건 억울했소. 벌써 몇 대째 이 땅을 우리가 지켜 왔는데 말이오."

강감찬이라고 김웅의 마음을 모르지는 않았다. 앞서 언급한 대로 그 역시 출신은 호족이었기 때문이다.

"조정에서 부과하는 세금이 과도하다고 여기셨을 텐데……, 세상에 세금이 아깝지 않은 사람이 어디 있겠소?"

10년 전(998), 강감찬은 양주 목사로 부임했다[3]. 하지만

---

[3] 강감찬의 자세한 경력은 알려지지 않으나 각 지방에 그와 관련된 전설이 많아 주요 고을 곳곳에서 수령 노릇을 했으리라 여겨진다. *양주 목사 경력은 필자의 상상임을 밝힌다.

부유한 고을인 양주 호족들은 텃세가 매우 심했다.

성종 황제는 12목(牧)으로 양주, 광주(경기도 광주), 충주, 청주, 공주, 해주, 진주, 상주, 전주, 나주, 승주(순천), 황주를 설치한 후 각 지방에 목사를 파견해 다스리도록 했다. 강감찬은 그곳을 거의 모두 돌다시피 했고, 양주에서 김웅과 만났다.

"이게 어떻게 된 겁니까?"

김웅은 항의했다.

"이건 내 명이 아니라 황명이라고 분명히 말씀드리지 않았습니까."

호족들은 사병 소유의 제한과 높은 세금 때문에 불만이 컸다. 4대 황제인 광종이 호족을 무자비하게 숙청하는 과정에서 과거제를 도입한 탓에 권력도 많이 줄었다. 그 때문에 호족들도 조정에서 영향력을 크게 행사하려면 과거 등을 통해야 했다.

"하지만, 고을을 다스리는 데 곤란해질 겁니다! 이 병력으로는 도적도 잡지 못합니다! 관군이 그만큼 보충되기라도 한다면 모르겠는데 사병을 줄이는 일을 먼저 하면 어떻게 합니까?"

김웅이 말했다.

"황명이라고 했습니다. 불만 사항 있으면 제가 조정에 보고하여 개선해 나가도록 할 것입니다. 하지만 정책을 따르지 않으면 손해 보는 건 공뿐입니다."

강감찬은 김웅의 마음을 이해하지 못하는 바는 아니었다. 당시 황제였던 성종이 죽은 후였지만, 호족 세력을 억누르는 정책은 계속되었다.

"그렇지 않아도, 요즘 삼각산 호랑이가 사람을 자꾸 잡아 먹어서 골치입니다."

"이 고을에는 발해인들이 많이 산다고 들었는데, 그들 중 사냥에 능한 자들을 쓰면 되지 않습니까."

강감찬이 말했다.

"그런데 그 호랑이가 워낙 약은 녀석이라서 말입니다. 그 때문에 산을 거의 봉쇄하다시피 하는 게 전부입니다. 그런데 그 녀석이 가끔 군사들까지 잡아먹을 정도입니다!"

"갑옷 입은 군사를 말이오?"

강감찬은 놀랐다.

"심지어는 저와 제 아우가 직접 군사들을 이끌고 잡으러 갔는데, 가 있는 동안 마을로 내려와서 사람을 잡아먹었을 정도요!"

강감찬은 잠시 망설였다.

"좋소, 내가 황도에 연락해서 최고의 사냥꾼을 알아봐 달 라고 하겠소."

며칠이 지난 후, 안주 출신의 사냥꾼이 양주까지 내려왔다. 그를 보자 강감찬은 물론 관속과 호족들도 모두 놀랐다. 그가 생각보다 젊었기 때문이었다. 아직 스물도 되지 않은 애송이였다. 그가 들고 온 것은 활이 아니라 쇠뇌였다. 그것은 일반 활 보다는 위력이나 사정거리 면에서 훨씬 우월했으나, 산에서 사냥하기에는 여러모로 불편했다. 일반 활보다 화살 장전하는 데 시간이 오래 걸리기 때문이다.

"이름이 뭔가?"

강감찬이 물었다.

"박재훈이라 하옵니다."

"발해인인가?"

"아니옵니다. 하지만 그들에게서 사냥하는 법을 배웠사옵니다."

다음 날 곧장, 강감찬과 다른 사냥꾼들은 호랑이를 잡기 위해 삼각산 근처를 돌기 시작했다. 강감찬은 박재훈을 눈여겨보았다. 그는 사냥에 꽤 익숙한지, 나가기 전에 보리죽만 먹기도 했다. 마늘 등 냄새가 강한 음식을 먹으면 후각이 예민한 맹수들이 알아차리기 때문이다.

"호랑이는 눈이 내리지 않은 다음에야 워낙 발자국 같은 것을 잘 남기지 않으니 말이옵니다. 이 정도로 큰 범은 쉽게 찾기 어려운데, 거기다 전에 포효 소리를 들어 보니 늙은 놈이 분명하므로 더 위험합니다. 거기다 사람 고기에 맛 들인 호랑이는 다른 동물을 아예 먹으려 하지 않사옵니다."

늙은 사냥꾼 한 명이 말했다.

"그런가?"

물론 이는 속설이었으나, 사실 그 말이 옳기도 했다. 호랑이는 늙은 것이 젊은 것보다 힘이 더 세지는 않다. 하지만 그 때문에 덩치에 비해 힘이 약한 동물, 특히 사람을 노리고 공격하는 경우가 많아 사람들에게는 더욱 위험했다. 거기다 나이가 든 만큼 더 약았다.

"사형수를 묶어서 어딘가에 놓고 덫을 놓아 미끼로 쓰는 게 좋지 않겠습니까?"

김웅이 말했다.

"그건 좋은 방법이 아니오. 아무리 사형수라 해도!"

새로운 무기를 개발했을 때 사형수에게 이를 시험하는 일은 흔했지만, 강감찬은 옳지 못하다고 여겼다.

"그 녀석이 사람 아니면 먹지 않는다고 하잖소! 돼지를 쓰기는 그렇잖소!"

"그건 좋은 방법이 아닙니다. 나이가 몇 살쯤 될 것 같은가?"

강감찬은 사냥꾼에게 물었다.

"범은 대개 14~15살 정도까지 사옵니다. 이놈 변을 보니 사람 옷 조각 같은 게 섞여 있는데 말이옵니다."

"얼마 전에 신혈사 승려 한 명이 범에게 당했사옵니다."

강감찬은 사냥꾼들을 격려했다.

"백성들이 범 때문에 매우 불안해하고 있다네. 자네들이 일을 잘 해줘야 하네."

"개를 한 마리 정도 미끼로 놓고 벼락틀4)을 설치하겠사옵니다. 주변에 다른 허방다리(함정)도 파 놓겠사옵니다."

"그런 거야 자네가 우리보다 낫겠지."

그날 밤, 그 틀의 이름대로 벼락 치는 소리가 들렸다.

"잡은 건가?"

사냥꾼들은 날이 밝자마자 그리로 갔지만, 놀라고 말았다. 미끼로 놓아둔 강아지만 사라지고 정작 있어야 할 호랑이는 없었다.

"이런, 강아지를 묶어 둔 밧줄을 물어서 잘랐는데?"

구덩이를 판 뒤, 풀과 눈으로 위를 가볍게 덮어 둔 허방다리 역시 파헤쳐진 다음이었다. 호랑이는 이런 덫 정도는 금방 알아차릴 수 있었던 모양이다.

"늙어서 그런가, 그만큼 더 약은 건가?"

---

4) 대형 맹수를 잡는 전통 덫. 맹수가 미끼를 건드리면 무거운 돌 여러 개가 한꺼번에 떨어지게 하는 장치.

"그러게 말이오!"

이들은 눈 위에 찍힌 발자국을 따라갔고, 몇 걸음 되지 않는 곳에서 강아지 사체를 발견했다. 찾기는 어렵지 않았다. 벌써 까마귀들이 몰려들어 있었기 때문이다.

"사람 고기에 맛 들이면 다른 건 별로 먹지 않는다고 하지 않았어?"

"모르지, 그냥 죽이기만 한 걸지도…, 그런데 발자국이 갑자기 끊어졌는데?"

순간, 사냥꾼들은 긴장했다. 오히려 호랑이가 발자국으로 이들을 유인했을지도 모른다는 생각이 들었다. 호랑이는 이 산의 지리에 익숙하고 지형지물 이용하는 데 사람들보다 능하다.

"왔다!"

순간, 바위 뒤에서 커다란 뭔가가 솟아올랐다.

"억!"

호랑이는 등을 돌리고 있던 사냥꾼 한 명의 머리를 단숨에 앞발로 때렸고, 그는 뭔가를 느끼지도 못하고 즉사하고 말았다.

"내 창을 받아라!"

사냥꾼 한 명이 창으로 호랑이의 옆구리를 찌르려 했으나 이미 늦은 뒤였다. 곧 긴 꼬리가 그의 머리통을 강타했다. 꼬리로 때리기 역시 사람 정도는 일격에 숨통을 끊을 수 있었다.

"에잇!"

그때, 박재훈이 과감하게 쇠뇌를 들고 호랑이 앞으로 나섰다. 단박에 치명상을 입히지 못한다면 호랑이는 상처 때문에 더 사나워진다.

"받아라!"

"카악!"

화살은 정확히 그 범의 눈을 맞혔다. 모든 동물에게 눈은 급소였다. 눈을 뚫고 들어간 화살은 그대로 뇌까지 휘저어 버렸다.

거대한 범이 바닥에 풀썩 쓰러지자, 사냥꾼들과 군사들 모두 환호성을 질렀다. 고려 개국공신이고 공산(팔공산) 전투에서 태조 황제의 갑옷을 대신 입고 그인 척하면서 백제군을 끌어들였던, 신숭겸 장군은 활로 새의 왼쪽 날개를 맞힐 수 있을 정도로 명궁이었다고 한다. 박재훈의 솜씨를 보니 그 일이 과연 전설만은 아니라는 생각이 들었다.

"원 녀석, 네가 자꾸 사람을 잡으니 어쩔 수 없었다."

박재훈은 호랑이의 명복을 비는 듯 경의를 표했다.

사냥꾼들이 호랑이 가죽을 벗겨 오자, 백성들이 일제히 구경 나와서 환호성을 지를 정도였다. 다들 그 맹수 때문에 외출도 함부로 할 수 없었으니 그럴 만도 했다.

"목사 나리 덕이옵니다!"

"그게 뭐 내 덕인가, 사냥꾼들이 힘을 쓴 덕이지."

강감찬은 겸손해했지만, 김웅은 오히려 체면을 상한 셈이었다. 대대로 이곳에서 세력을 키운 자신보다 조정에서 보낸 사람들이 식인 호랑이를 잡았으니 그랬다. 거기다 그는 사병의 수가 모자라 백성들을 제대로 지켜줄 수 없다는 명분을 붙였는데, 관군이 그 점을 충분히 보충할 수 있음을 보인 셈이었다.

"보아하니, 자네는 사냥만 하던 사람 같지 않네."

"어떻게 아셨사옵니까?"

박재훈이 놀라며 물었다.

"여기 관아에 오자마자 저기 있는 책 쪽으로 눈을 돌리기에 그렇다는 생각이 들었네. 글도 아나?"

"조금은 아옵니다."

박재훈은 조금 망설이더니 물었다.

"나리, 과거를 치르면 소인도 벼슬길에 나설 수 있사옵니까?"

"자네 집안은 어떤가?"

"사실, 소인은 패서(평안도와 황해도 일대)의 호족 출신이

170

옵니다."

"뭣이라?"

강감찬은 놀랐다. 사냥꾼인데 원래 호족이었다니, 무슨 일인지 알 수 없었다.

"5년 전(993) 거란의 침입 때 부모님이 돌아가셨고, 우리 땅은 초토화되었사옵니다. 소인은 압록강 일대를 방랑하다가 여진족을 만나 그들과 사냥하며 살고 있었사옵니다. 하지만 기회가 있다면 과거를 보려 하옵니다."

"자네, 정말로 호족인가?"

"믿기지 않으시겠지요. 허나, 굳이 소인이 나리 앞에서 거짓을 고하여 무슨 이익을 보겠사옵니까?"

"집안을 증명할 증표가 있는가?"

"있사옵니다."

박재훈은 조각을 하나 꺼냈다.

"그건 여진족 문장 아닌가?"

"아, 잘못 꺼냈사옵니다!"

박재훈은 옥으로 만든 패를 하나 꺼냈다.

"개국의 공으로 태조 폐하께서 하사하신 것이옵니다. 제 할아버지 성함이 새겨져 있사옵니다."

"호오, 그런가?"

"거란 때문에 그리되었으나, 언제든 집안을 다시 일으킬 것이옵니다!"

"그렇구먼, 마침 잘됐네!"

"무엇이옵니까?"

"사실 나도 금주의 호족 출신일세. 금주는 그리 멀지 않은
데, 내가 무술 스승을 한 명 소개해 줄 테니 그곳에 머물면
서 무예를 익히고 과거 준비를 하게."

"아, 아니옵니다. 굳이 나리께 신세를 질 필요가 없사옵니
다."

"물론 무료는 아닐세!"

강감찬은 빙긋 웃었다.

"내 아들 녀석이 지금은 어리지만, 곧 그리로 보낼 예정일
세. 그 아이와 함께 배우면서 조금이라도 도와주게! 자네에겐
사제가 될 걸세."

"아드님입니까?"

"그 아이도, 5년 전에 안융진성에서의 전투 때문에 자기
아버지를 잃었다네. 거기다 최근에 어머니까지 잃었고, 그 아
비가 나와 같은 문중 사람이라서 내가 거둬다 양자로 들였
네. 이름은 강무원이라고 하네. 자기는 나중에 꼭 장수가 되
어서 거란을 물리치겠다고 난리일세."

무원과 강감찬은 부자지간이라고 하기에는 나이 차이가 꽤
많이 났지만, 그렇다고 수양 손자로 입적시키기도 그랬다.

"남을 가르쳐 본 적은 없사옵니다."

"그러니 이제 가르쳐 보게. 가르치는 것도 배우는 것이라 할 수 있다네. 그리고 아직 어리니 너무 엄하게 가르치지는 말게!"

박재훈은 그 뒤 강감찬이 소개해 준 무관의 집에서 2년 정도 묵으면서 무원에게 무예를 가르쳐 준 뒤 혼인도 했고, 과거에 급제한 후에는 북방으로 근무하러 갔다. 그리고 가끔 강감찬에게 서찰을 하곤 했다.

15. 이상한 일

"그때 그 사냥꾼이 저, 박 낭장이란 말이오?"
"모르셨습니까?"
강감찬은 김웅의 말에 웃고 말았다.
"하긴 세월이 꽤 되었으니…. 아니, 왜 그러시오?"
"아, 아닙니다!"
김웅은 약간 당황한 얼굴로 다시 활을 잡았으나, 이번에도
빗나가고 말았다.
"괜히 이 사람이 방해한 것입니까?"
"아닙니다. 강 공, 하지만 솔직히 그때 드린 말씀에 변함은
없습니다. 세금은 여전히 과도하고, 관군까지 합쳐도 백성들
을 보호하기엔 어렵습니다. 폐하께 몇 번이나 주청을 올렸사
오나 조정에서는 듣지도 않고 있사옵니다."
전임 양주 목사가 일에 게을렀던 탓도 있겠지만, 양주가

큰 고을임에도 관군이 필요한 만큼 배치되지 않았다. 그러니 호족들의 사병이라도 있어야 치안을 유지할 수 있지만, 그 병력에 대한 제한이 있었으니 부족할 수밖에 없었다. 몰래 병력을 늘리기라도 했다가는 대역죄가 되니 그럴 수도 없었다.

더욱이, 그럼에도 불구하고 세금은 점점 늘기만 했다. 황권 강화 정책의 일환이기는 했으나 고을 일을 처리하는 데에 재정이 부족해지니 이도 문제였다.

"예전처럼 호족 간에 전투가 벌어지지도 않고, 또 벌어지면 백성들에게만 해를 입히니 관에서 송사 등으로 해결하는 게 낫다. 이런 명목으로 사병 소유를 제한해도, 사실 그건 반역을 막기 위함이라는 거 아니오?"

"양주 고을이 큰 만큼 그래도 다른 곳보다는 제한이 적지 않소. 그리고 한 국가의 군주로서 반역을 경계하는 건 당연한 일이고."

김웅은 한숨을 푹 쉬었다.

"내 아우, 요즘 들어 이 형이랑 많이 싸웠소. 그래도 형제는 형제라고…, 아우를 먼저 보내고 나니, 그 싸우던 기억, 아니, 어렸을 적 떡 한 조각 놓고 싸운 기억까지 다 나는구려!"

"다 그런 법이지요."

"그래서 더 궁금하오. 정말 내 아우, 아무 일도 없었던 것이오? 말씀하신 게 다요?"

김웅은 절실한 눈빛으로 말했다. 그로서도 아우의 죽음에 관해 의문을 풀고 싶은 마음은 마찬가지였을 것이다.

"유감스럽지만 그게 다입니다. 혹시 아우님이, 이 사람에게 원한이 있어서 온 것 같지는 않았는데 말입니다."

"원한이 있을 리가 있습니까. 오히려 강 공을 존경하더이다. 내 딸 녀석까지 말이오."

이 무렵, 무원은 방에 앉아 있었다. 몸이 근질근질하여 권법 동작을 연습하기도 이젠 질렸다.

"거참, 무슨 일이 나고 있는 건지…."

"강 목사 계시오?"

밖에서 목소리가 들렸다. 문을 열자, 승복이 먼저 보였다.

"대량원군 마마!"

"아버님 아니 계시는가?"

"나가셨사옵니다."

"그런가?"

"하실 말씀 있으시면 제가 전해 드리겠사옵니다."

"아닐세. 음…."

대량원군은 조금 망설이고는, 방 안으로 들어왔다.

"자네는 몇 살인가?"

"열일곱이옵니다."

"나랑 동갑이구먼, 장가는 들었나?"

"아직이옵니다."

"과거는 보았나?"

"준비 중이옵니다."

"흠!"

대량원군은 조금 망설이다가 말했다.

"사실, 여기도 이런저런 일이 많이 일어나니 골치가 아프겠구먼. 김현 공의 아들은 아직 어린데 어떻게 되려나."

"김웅 공에게 아들이 없으니, 양자로 들이든지 하여 양주 고을을 잇지 않겠사옵니까."

"그런가?"

"아버지가 올 때까지 기다리시겠사옵니까?"

"아, 그러지! 아, 그리고 잊었는데, 수고 많았네. 그 깜부기라는 거 알아 오느라."

"당연한 일이옵니다. 허나 마마를 노리는 자가 대체 누구인지 모르겠사옵니다."

"이 일에 관심이 많은가 보이."

"당연하지 않사옵니까. 소생도 무관이 되려 하고, 무관이라면 나라를 지키는 데 힘을 써야 하니 말이옵니다."

대량원군은 씩 웃었다. 그때, 방의 문이 열리고 강감찬이 들어왔다. 그는 들어오자마자 방 안에 있던 뜻밖의 사람을 보고 우선 인사를 했다.

"마마께서 어인 일이시옵니까?"

"그 깜부기라는 것 때문에 이야기하고자 왔소. 앉으시오!"

"아, 그렇사옵니까."

무원은 나갈까 같이 들을까 살짝 고민했으나, 대량원군은 별 눈치를 주지 않았다. 강감찬은 자리에 앉았다.

"깜부기에 관해, 일본인들은 알고 있었다고 했소? 헌데 그게 춥거나 습한 곳에서 생기는 것이라고 했소?"

"그렇사옵니다. 허나, 김현 공이나 김 목사가 어떻게 당했는지는 모르옵니다. 술에 그걸 탄 것 같기는 한데, 누가 탔는지 알 수 없사옵니다."

"거참, 그렇구려…."

대량원군은 잠시 생각한 뒤 다시 물었다.

"발해인 촌에서, 아까 이 저택에 왔던 그 장민규라는 의원도 약에 관하여 잘 아는데 그 사람에게 한 번 물어보지 그랬소?"

"마마, 깜부기를 전에 보신 적이 있사옵니까?"

강감찬이 물었다.

"아니오. 본 적이 없다고 말씀드렸잖소."

잠시 침묵이 흐르자, 무원이 갑자기 한 가지 궁금했던 점을 물었다.

"헌데 마마, 지금 마마도 위험하신데 왜 굳이 다른 사람을 챙기시옵니까?"

"다른 사람이라니?"

"아까 그 자리에서 굳이, 왜 입산을 금지했는지 김웅 공에게 묻지 않으셨사옵니까."

"원 녀석, 갑자기 무슨 말이냐?"

강감찬이 말렸으나, 대량원군은 대답했다.

"자네는 사냥을 잘하나?"

"무예를 위해 사냥은 가끔 하지만 즐기지는 않사옵니다. 아버지는 소생이 짐승을 집에 잡아가면 가난한 백성들에게 주라고만 하시니…."

"후덕하시구먼. 나도 불자의 몸으로서 사냥하면 아니 되지만, 그래도 다른 사람들 곤란한 건 보기 어렵다네. 발해인들 상당수가 사냥이나 약초 채취 등으로 먹고 사는데 입산을 금지하다니 말일세. 그런데 산사태 복구 중이다, 호랑이가 나타났다 하는 식으로 말하고 있다네. 호랑이가 나타났다면 오히려 발해인들을 불러서 잡았어야지."

듣고 보니, 강감찬도 좀 이상하다는 생각이 들었다.

"그 산이 김웅 공의 땅이기는 하지만, 백성들은 거기서 나무를 해야 땔감도 얻을 수 있는데 말일세."

"허나 마마, 지금은 위험하니 자신의 안위를 먼저 생각하십시오. 그 도우라는 자의 배후가 누구인지 모르옵니다."

강감찬이 말했다.

"흠, 하긴 그렇네만 조금 이상해서 그렇소."

"무엇이 이상하시옵니까?"

"김웅 공의 종들이 죄수들을 몇 명 데리고 입산 금지된 산으로 가는 것 같았소. 산사태를 막는 공사를 하는 건지 아닌지는 모르겠네만."

"죄수들이옵니까?"

"정확히는 모르겠네만, 요즘은 죄수뿐 아니라 걸인들에게도 먹여 주고 재워 준다면서 데려가는 것 같소. 하지만 그쪽에 가자니 위험할 것 같습니다."

"그렇다면…."

무원은 잠시 생각해 보았다.

"그 들어가는 게 금지된 산이 어디이옵니까? 삼각산에서 그리 멀지 않사옵니까?"

"그렇게 멀지는 않다네."

대량원군은 간단히 설명해 주었다.

"산사태로 무너진 길 닦는 데 시간이 오래 걸리는 거야 이상할 게 없지만, 이 추운 겨울에까지 사람들을 모아서 같은 일을 한단 말이옵니까?"

"그러니 좀 이상하오."

"아버지, 소자가 한 번 가 보겠사옵니다."

"무슨 말이냐."

강감찬은 나지막하게 말렸다. 비록 목소리는 낮아도 그 안의 힘은 보통이 아니었기에 무원은 움찔했다.

"그런데 아버지는 어디 다녀오셨사옵니까?"

무원은 말을 돌리듯 물었다.

"김웅 공이랑 같이 활을 좀 쏘다 왔다. 그 사람, 명사수로 유명한데 말이다."

강감찬은 대량원군을 보며 말했다.

"마마는 어떠시옵니까?"

"뭐, 조금."

대량원군은 곧 자신의 방으로 돌아갔다. 그 방 앞은 특별히 호위무사 둘이 지키고 있었지만, 김치득을 비롯한 사람들이 언제든 대량원군을 해칠 수도 있었다.

강감찬은 예전에 들었던 이야기가 생각났다. 하지만 자신이 여기서 무슨 일을 할 수 있을지 몰랐다. 무엇보다도 김치양이 굳이 대량원군을 여기로 오라고 한 이유를 알 수 없었다. 앞서 언급했듯 이렇게 다른 호족들까지 있는데 그를 살해할 수도 없다.

'혹시, 대량원군 마마를 해친 뒤 그 책임을 김웅 공에게 뒤집어씌우려는 건가?'

대량원군이 죽고 그 책임을 김웅이나 양주 호족들에 묻게 된다면, 양주 지방을 조정이(정확히 말하면 김치양 일파가) 관리할 수 있으므로 그들 중 일부가 이곳으로 이주하여 이 지방의 부를 차지할 수도 있을 것이다. 하지만 문제는, 과연 김치양과 김웅 사이에 무슨 문제가 있었는가 하는 점이었다. 김현이 자신에게 그 문제를 상담하러 왔다가 당했을 수도 있다.

"아버지!"

"응?"

"무슨 생각을 그리하시옵니까?"

무원이 물었다.

"대량원군 마마 생각이다."

강감찬은 이제 은퇴를 생각하고 있었는데 이런 일에까지 휘말리다니, 과연 무슨 일이 일어난 건지 알 수 없었다.

"그 어른이 염려하시던 대로 된 것 같다."

"그 어른이라니요?"

"대량원군 마마가 위험해지실 거라고 하셨다."

"대량원군 마마가 왜 그리 위험하시옵니까? 그리고 유일한 황위 계승자시면서 왜 절에 계시옵니까?"

강감찬은 한숨을 폭 쉬었다. 사실 황실에서는 남들 보기 부끄러운, 여염집의 그것보다도 못한 일이 일어나고 있었다.

"사실 언제부터 시작이었는지는 모르겠지만 말이다. 사실 전에 문하시중을 지내셨던 한언공(韓彦恭) 대감이 돌아가시기 전, 내가 문병을 하러 간 적이 있다."

16. 천 년도 전에 나온 말

이 무렵, 김치양은 개경으로 돌아가 자기 집인 숭덕궁으로 갔다.

"대감님, 어서 오십시오!"

종들이 일제히 김치양에게 인사를 했다.

"내가 잠시 자리 비운 사이, 처리할 일은 또 쌓였겠지?"

김치양은 말은 그렇게 했지만 싫지 않은 표정이었다.

"혹시 태후마마가 오셨나?"

"그렇사옵니다. 지금 안채에서 숭덕소군 마마와 함께 계시옵니다."

"원 녀석, 제 아비가 왔는데도 나오지 않고 있다니!"

물론, 숭덕소군은 이제 여섯 살이니 그럴 법도 했다. 하지만 이제는 제대로 생각해야 했다. 잘하면 곧 이 고려라는 나라가 정식으로 자기 손에 들어올 테니까.

"이제 오셨소?"

집 안으로 들어가자, 한 여인이 남편을 보는 얼굴로 그를 맞았다. 그녀는 고려 5대 황제 경종의 비였으며 현 황제의 어머니였다. 그녀의 원래 칭호는 헌애왕후였으나 거처가 천추전이었기 때문에 천추태후라 불렸다.

정식 칭호는 그렇다고 해도, 숭덕태후라 불려도 무리가 없었다. 그녀는 대부분 시간을 숭덕궁에서 보냈기 때문이다.

숭덕궁은 황궁 못지않게 화려했고, 특히 연못과 그 주변에 꾸민 후원은 호화롭기 짝이 없었다.

"차기 황제는, 잘 계시오?"

"물론이오. 얼마나 영특하신지, 글도 어느 정도 익힐 줄 압니다. 아비 이름과 이 어미 이름도 적을 수 있소."

천추태후는 자리에 앉으며 말했다.

"나 없는 동안 쌓인 서류가 산더미일 거라 했는데, 그 새 다 처리하신 것이오?"

"뭐, 적당히 봐줬소."

천추태후는 언제 준비했는지 봐 둔 술상까지 내오라 하고는, 주전자를 들어 김치양의 잔에 부었다.

"역시, 같은 술이라도 누가 따르느냐에 따라 맛이 달라지는 이유를 내 도저히 알 수가 없소. 당신의 손에 무슨 맛이 있는가 보오!"

김치양은 잔을 단숨에 비웠다. 멀리서 보면 두 사람은 다정한 부부처럼 보였다. 김치양은 천추태후에게 '부인'이라 부를 정도였다.

"거란 쪽 소식은 없소?"

"아직 별다른 소식은 없소. 그들도 전연의 맹(1004) 이후 고려 쪽을 노리지 않을까 했는데 말이오."

물론 김치양이나 천추태후도 바보가 아닌 이상, 거란이 언제든 무슨 명분을 대고 고려를 치지 않을지 염려하고 있었다. 특히 그들은 기병을 동원해 겨울에 얼어붙은 압록강을 건너오기 때문에 그때에는 더욱 경계해야 했다.

특히 송나라와 전연의 맹으로 평화조약을 맺었으니, 거란은 다음에 중원을 치려면 배후의 위험을 없애기 위해서라도 고려를 칠 수 있었다.

"헌데 양주 쪽 일은 어떻게 되었소? 지금은 그게 중요하지 않소?"

천추태후의 목소리가 달라졌다.

"전에 붙여 둔 자가 실패했소. 어리석게도 말이오. 어쩌다 들켰는지는 모르겠지만, 금주 호족인 강감찬이라는 자가 도운 모양이오."

"무엇이오?"

그녀는 실망을 감추지 못했다.

"하지만 염려 마시오. 실패해도 우리는 잃을 게 없소! 여차하면 양주 호족들에 책임을 물으면 그만이오."

김치양은 자신감을 보이며 말했다.

"문제는 그게 아니잖아요!"

"알고 있습니다. 그러니 그 점도 김웅 공에게 맡겨 놓았소. 그러니 여차하면 양주 호족들에 책임을 묻자 하는 것 아니오. 그들이 제대로 협조하면 다행이고, 그렇지 않으면 역도로 몰아 버리면 되니 말입니다."

"4년 전, 그 문하시중이 죽기는 했지만, 그자가 한 짓을 생각하면 지금도 이가 갈려요! 그때 대역죄로 몰아 멸족시켰어야 했는데, 그러기도 전에 죽어 버렸으니 원! 그리고 금주호족 강감찬? 그 사람도 문벌 귀족이고 당시 그 문하시중과 친하지 않았소?"

천추태후는 성질을 부리며 말했다.

"부인은 이럴 때 더 아름답다니까. 한언공 대감 말씀하시는 것 아닙니까?"

김치양 역시 잘 알고 있었다. 유학을 신봉하던 문벌 귀족들은 김치양과 천추태후를 도저히 지지할 수 없었다. 특히 한언공은 건강 문제로 은퇴하기 전, 빨리 수렴청정을 그만두라고 했다. 황제가 서른이 다 되었는데 그 어머니가 정사에 계속 관여한다면 외국에서도 고려를 우습게 볼 것이라고 했

다. 하지만 황제는 어찌 자신이 어머니를 내칠 수 있느냐며
받아들이지 않았다.

한언공은 이에 굴하지 않고, 김치양만이라도 내치라고 했
다.

김치양은 현 황제가 즉위한 뒤 얼마 지나지 않아 합문사인
이 되었고, 우복야에 이어 좌복야로 승진했다. 거기다 삼사사
까지 겸하게 되었다. 우복야와 좌복야는 국가 정책을 총괄하
는 요직 중의 요직이고, 삼사사는 재정을 담당하는 자리였다.
보통 사람이 그 자리에 가려면 과거에 급제하고도 몇십 년이
걸릴지 몰랐다. 그런데 그 자리에 오르는 과정이 과거가 아
니라, 천추태후와의 친분(?) 때문이었다.

김치양은 원래 동주(현 황해도 서흥군) 출신이었다. 승려
신분으로 궁을 드나들다가, 당시 남편 경종을 잃고 왕후 신
분으로 궁에 있던 헌애왕후와 그만 눈이 맞고 말았다. 둘의
사이를 알게 된 성종은 진노하여 김치양을 유배 보냈다. 당
장 죽여야 한다는 말이 나오긴 했지만, 여동생을 봐서 유배
로 끝낸 것이다.

문제는 그다음이었다. 성종이 후사 없이 죽자 현 황제가
즉위했고 헌애왕후는 태후의 지위를 얻었다. 권력욕까지 강
했던 그녀는 황제가 당시 열여덟 살로 절대 어리지 않았는데
도 섭정을 시작했고, 벌써 몇 년이 지났는데도 이를 거두지

않았다.

황제는 즉위 초에 전시과 제도 정비, 서경(평양)을 호경이라 부르고 몇 번이나 그곳을 방문하며 북방에 대한 경계도 게을리하지 않는 등 꽤 의욕적으로 정사를 돌보았으나, 수렴청정을 거두자는 말은 하지 않았다.

천추태후는 황제가 즉위한 뒤 얼마 되지도 않아 김치양을 불러 당장 요직을 주고, 자신이 천추전으로 옮기기 전 살던 집인 숭덕궁까지 줬다. 그는 그곳을 300여 칸이나 되는 큰 집으로 개조한 뒤 뜰에 연못을 파고 정자를 세우고 배 띄우며 놀기도 했다.

문제는 이 집을 개조하는 데도 백성들을 강제로 동원했다는 점, 그리고 그곳에서 천추태후와 부부처럼 지냈다는 점이다. 고려의 주요 정책이 나오는 곳은 황궁이 아니라 숭덕궁이라는 말이 있을 정도였다. 천추태후도 숭덕태후라 불려야 마땅할 정도였다.

그러다가 천추태후는 김치양과의 사이에서 아들을 낳기까지 했다(1003). 과부가 된 태후가 아들을 낳다니, 이는 그 동생인 헌정왕후 이후 두 번째로 황실 얼굴에 먹칠한 셈이었다.

김치양은 그동안의 일을 잠시 생각하며 술잔만 기울였다.

"솔직히 나도, 우리가 이렇게까지 될 줄은 몰랐소."

"인생은 선택에 따라 모든 것을 가질 수도 있고, 반대로 모두 잃을 수도 있지 않습니까."

천추태후는 웃으며 말했다.

"사실, 경종…."

고려 5대 황제인 경종은 천추태후의 남편이었으니, 김치양은 조금 말하기를 꺼렸으나 그녀는 웃는 얼굴로 답을 대신했다.

"경종께서 당시, 광종(4대 황제) 폐하의 호족 숙청이 지나치시다 하여 억울한 사람들이 원한을 직접 풀 수 있도록, 사적인 복수를 허용하는 법을 통과시키셨는데, 그러자 나라가 무법천지가 되지 않았소. 그때 심정이 어땠소?"

"솔직히, 황제가 호족이든 백성이든 그 억울함을 풀어 줘야지 직접 하라고 하면, 특히 길에서 사람을 죽여도 '이 사람이 내 원수다'라고만 하면 무죄가 되었으니 혼란스러웠지요. 소첩 그때 폐하를 많이 원망했소. 하지만 오히려 그 덕을 우리가 볼 수 있게 되었으니, 지금은 경종 폐하께 고맙소."

천추태후는 웃었다. 김치양 역시 마찬가지였다. 그 복수법으로 인하여 황손들까지도 많이 죽임을 당했기 때문에 황위를 계승할 사람이 없어졌다. 대량원군 왕순만이 유일하다시피 했다.

"순이 그 녀석을 없애기만 하면 성공이고, 그다음에는 우

리가 직접 황제를 보호한다는 명목으로 군사를 일으킬 수 있
소. 그다음은, 몇 번이나 말씀드렸죠?"

천추태후는 눈을 찡긋했다.

"숭덕소군5)께서 황위에 오르시는 것이지요!"

그녀의 야망은 자신과 김치양 사이의 아들을 다음 황제로
세우는 일이었다. 천추태후도 마흔이 넘어서 김치양의 아이
를 갖게 될 줄은 미처 몰랐다. 그러다 보니 더욱 큰 야심이
생겼다.

현 황제도 그녀의 아들이 맞았으나 그 아버지와의 혼인은
정략결혼이었고, 현재 남편이나 마찬가지인 김치양은 진정
그녀가 애정을 가진 사람이었다. 따라서 그 아들에 대한 애
정 역시 현 황제를 향한 그것보다도 더했다. 또한 황제가 서
른이 다 되었으니 수렴청정을 거두라는 말이 계속 나오고 있
지만 숭덕소군을 옹립한다면 거둘 필요가 없었다.

그들의 걸림돌은 역시, 대량원군이었다.

헌정왕후가 낳은 아들인 대량원군은 근친 간의 불륜으로
태어나기는 했지만, 부모가 모두 태조의 피를 이어받았으니
후계 자격이 있었다. 하지만 천추태후의 아들 숭덕소군은 엄
연히 다른 씨로 태어났다. 이는 절대로 용납할 수 있는 일이
아니었다. 특히 유학을 바탕으로 한 문벌귀족들로서는 더욱

---

5) 이 호칭은 필자가 지어냈다. 실제 천추태후와 김치양 사이 아들의
　호칭은 알려지지 않았다.

그랬다.

황제는 자신에게 자식이 없었기 때문에 대량원군을 자신의 후계자로 지정했으나, 천추태후는 그가 열두 살 때 머리를 깎게 하고는 강제로 숭교사로 출가시켰다. 하지만 그곳은 황도와 가깝고 황제도 자주 찾아서 황도와 거리가 먼 양주의 신혈사로 옮기도록 했다. 그 뒤로는 그를 어떻게 없앨지 궁리하고 있었다. 하지만 옮기자마자 당장 죽이거나 한다면 의심을 받을 수 있고, 무엇보다도 어린 숭덕소군이 좀 더 자랄 때까지 기다려야 했다. 유아 사망률이 높으니 그럴 수밖에 없었다.

"하지만 너무 염려하지 않으셔도 되오. 이번에 잘하면 일이 더 잘 될 수 있으니 말이오."

김치양이 말했다.

"무슨 말씀이오?"

"양주 호족 김웅의 약점을 잡은 게 있사옵니다. 그자는 협력하지 않을 수 없을 것이옵니다."

"그렇소?"

4년 전(1004), 강감찬은 한언공의 집에 병문안을 갔다.

"몸조리를 잘하셔야죠."

"이 몸에 든 병보다, 조정에 든 병이 더 큰 문제일세!"

"무슨 병이옵니까?"

"김치양, 그놈 말일세!"

한언공은 크게 분노한 채 말했다.

"아무리 유능하다고 해도, 제대로 과거도 치르지 않고 나라에 공도 없는 사람이 개인적인 친분만으로 조정에 들어와 중책을 맡는다는 일 자체가 국정을 어지럽히는 일일세! 아니, 그 사람이 유능하다면 또 모르네!"

그의 말이 백번 옳았다. 김치양은 매관매직을 통해 부를 쌓았으며, 사람들은 과거 성적보다도 얼마나 그에게 뇌물을 주느냐에 따라 직급이 달라지곤 했다. 그가 저지른 비리만 본다면 내치는 게 아니라 당장 목을 베어도 모자랄 정도였지만, 천추태후의 애인이라는 점 때문에 아무도 그를 건드릴 수도 없었다. 황제마저도.

"그래도 대감께서 그리 간하셨는데도 폐하께서 진노하지 않으셔서 다행입니다."

강감찬은 한언공에게 말했다. 그는 은퇴 직전에 황제에게 목숨을 걸고 이 모든 폐단을 고하고 고쳐 나가자고 했다. 황제는 노하기는 했으나 그를 벌하지는 않고 집에 가서 병을 다스리라고만 했다.

"그게 다행이라고 생각하나?"

한언공은 뜻밖에 정색하며 말했다.

"예?"

"그게 다행이냐는 말일세. 난 정말 목숨을 걸고 간했네. 수렴청정을 거두고 김치양을 내치시라고 말일세. 옛말에 '어질고 성스러운 군주는 녹봉이나 벼슬로 사사로운 관계를 맺지 않으며, 공이 많은 사람에게 상을 내리고 능력이 있는 사람에게 자리를 맡긴다'라고 했네. 춘추 시대에, 천 년도 전에 나온 말인데, 현재 그 반대의 상황이 조정에서 버젓이 일어나고 있지 않은가! 국정이 점점 망가져 가는 꼴, 아니, 벌써 많이 망가졌지. 조정에서 그런 일이 나는 건 망국의 징조인데 말일세, 그런 모습을 보느니 차라리 목을 베이는 편이 나을 것일세!"

"대감!"

"그러니 내가 자리에 누워 있어도 편히 누울 수가 없다네. 차라리 선제(성종) 때 사통이 탄로 났을 때 태후마마께 밉보이더라도 김치양을 베어야 한다고 주청을 올릴 걸, 후회되네! 왕욱 공이야 황손이니 베지 않더라도 말일세! 그러니 선제의 속이 어디 사람 속이었겠는가? 그러니 그리 젊은 나이에 가셨지!"

"대감."

"자네, 나중에 제발 뜻 있는 사람들 모아서라도 꼭 폐하께 주청을 올리게. 거란은 점점 강성해져 가고 있고, 언제든 고려를 다시 노릴지 모르는데 말일세! 이 상태로는 아니 된다네! 내우외환, 그 말이 지금처럼 어울리는 때가 건국 이후 있었는지 모르겠네! 헌데 나는 여기서 자네에게 푸념이나 늘어놓고 있고, 한심하다네!"

한언공은 네 명의 황제를 섬겼고 그들에게서 많은 신뢰를 얻었으며, 송나라 등에 다녀오며 그곳의 정치 제도를 도입하고 나라의 기틀을 잡는 데 많은 역할을 한 인물이었다. 그만큼 책임감도 강하고 강직했다. 현 황제는 그의 고향인 장단을 단주(오늘날 개성시 장풍군)라고 승격시켰을 정도다.

"자네가 제대로 일해야 하네!"

한언공이 눈을 부릅뜨고 말했다.

"대감, 저도 이젠 늙었습니다."

"아닐세, 대기만성이라고 했네. 나는 자네가 반드시, 나라에 큰일을 해 낼 거라 믿네! 그리고 대량원군 마마를 전에 한 번 뵈었는데, 제 아버지를 닮아 매우 총명해 보였다네. 우리 고려의 희망은 그분뿐이네! 그분을 잘 보필하게!"

안타깝게도, 한언공은 그 해를 넘기지 못하고 세상을 떠났으며 강감찬은 발령지에서 그 소식을 들었다. 거기다 그의 예상은 정확히 들어맞았다. 거란과 송은 평화조약을 맺었으니 곧 거란이 고려 쪽으로 군사력을 집중할 것이 뻔했다.

17. 제2의 독살 시도

"정말, 고려인으로서 부끄럽사옵니다!"

강감찬의 설명을 들은 무원이 말했다. 생각만 해도 낯이 뜨거워졌다.

"그러니, 나라의 황족이나 조정에 몸담은 사람들의 행실은 그만큼 중요한 법이다. 그들이 추한 모습을 보이면 나라의 체면에 문제가 생기니 말이다."

강감찬은 한숨을 폭 쉬었다.

"태후마마도 그렇지만, 김치양 일파가 아직도 조정을 장악하고 있으니 그게 가장 큰 문제다."

"헌데, 어찌 남자가 여자보다 같은 남자 쪽에 더 관심을 가질 수 있사옵니까?"

무원은 문득 생각이 난 듯 물었다.

"사실, 알게 모르게 그런 사람들이 조금 있다. 그런데 하필이면 일국의 황제께서 그렇게 되시다니 통탄하지 않을 수가 없다."

증조부인 태조가 29명이나 되는 부인을 둔 데 비해, 현 황제는 한 명의 왕후만을 두고 있었는데 이는 한 여자만 사랑했기 때문이 아니라 어려서부터 여자에게는 관심이 없었고 오히려 남자에게 더 흥미를 느꼈기 때문이다. 그러다가 어느 날 유행간(庾行簡)이라는 미남자를 만나게 되었고 그에게 합문사인(조서 및 의례를 관장하는 벼슬) 자리를 주며 궁에서 지내도록 했다.

그 뒤, 황제는 무슨 일을 결정할 때 반드시 유행간에게 물어보곤 했으며 그는 점점 교만해져 문무백관도 하찮게 여기기 시작했다.

뿐만 아니었다. 좌사낭중(상서성 5품 관직) 유충정(劉忠正) 또한 원래 발해인이었는데 외모가 아름답다는 이유 하나만으로 황제의 측근이 되었다. 그들은 황제의 총애를 업고 매관매직을 일삼았다.

따라서 가장 큰 문제는 황제에게 자식, 즉 후사가 없다는 점이었다.

"그래서, 대량원군 마마만이 유일한 계승자시군요."

"그렇다."

강감찬의 말에, 무원은 잠시 생각한 뒤 물었다.

"대량원군 마마는 현군이 되실 수 있을지…."

"쉿!"

강감찬은 주의시키었지만, 사실 그도 여러모로 걱정되었다. 아무리 황손이라고 해도 대량원군은 불륜, 그것도 근친 간 불륜으로 태어난 사생아였다. 거기다 철도 들기 전 부모를 잃어 제대로 사랑받지도 못했으며, 부친상 이후 황도에서 살았지만 권력자들에게 밀려 교육도 제대로 받지 못했다.

더욱이, 김치양과 천추태후의 국정 농단으로 조정과 황실에 대하여 백성들의 불신이 점점 커지고 있었다.

"문제는 김치양의 아들, 숭덕소군이 다음 제위를 이을 수 있다는 점이다. 아니, 김치양은 분명히 그렇게 할 것이다."

"그걸 어떻게 막을 방법은 없사옵니까?"

무원이 물었다.

"그걸 모르겠으니 말이다. 이제라도 폐하께서 제대로 결단을 내리시고 김치양을 내치신다면 더 바랄 것이 없겠지만…."

강감찬은 말은 그렇게 했지만, 황제의 총애를 받는 유행간과 유충정 또한 꽤 문제가 되고 있었다.

"대량원군 마마를 반드시 지켜 드려야 하겠사옵니다."

"나라의 녹을 먹는 자로서, 반드시 그래야 하지만 문제는 한둘이 아니다."

"태후마마와 좌복야가 언제든 마마를 해칠지 모르니 그렇사옵니까?"

"그도 그렇지만, 거란의 간자들이 이 상황을 즉각 그쪽 조정에 알릴 것이고, 그들도 고려에서 무슨 일이 나기를 바라고 있을 테니까…, 내분이 나면 더 좋아할 것이다."

"누군가가 거란에 도움을 청하기라도 한다는 말이옵니까?"

"그럴 만한 사람은 고려 조정에는 없다. 하지만 무슨 문제가 생기면 거란이 개입할 건 거의 확실하다."

"거란이 침략한다면 제가 무슨 일이 있어도…!"

무원은 거란이라는 말만 들어도 이를 갈았다.

"나야 살 만큼 살았지만, 너나 네 형제는 어떻게 될지 걱정되기는 한다."

강감찬은 씁쓸하게 웃었다. 이런 이야기를 하는 것이 매우 부끄러운 일이었다.

그 무렵, 대량원군은 자신의 발우를 들고 그 집의 우물 쪽으로 갔다.

"아니, 무슨 일로 직접 물을 기시옵니까? 떠 오라고 하시면 되는데."

종 한 명이 다가오며 말했다.

"저리 가게!"

대량원군은 퉁명스럽게 말하고는 자신이 직접 두레박을 끌어 올렸다. 그는 한숨을 푹 쉬었다. 아무도 믿을 수 없으니 황손인 자신이 물조차 직접 길어 와야 했다. 김치상이라는 이는 연회 도중에 누군가가 자기 술에 탄 독을 먹고 죽었다. 그것도 미치는 약이었다. 이런 호랑이 굴에 오다니, 적당히 핑계를 대고 이곳을 떠나야 할 것 같았다.

하지만 신혈사로 돌아간다고 해도 곧 다시 자객이 올 것 같기도 했다. 겉으로는 태연한 척했지만 늘 불안했다.

물 한 사발을 단숨에 들이켰지만, 불안한 속은 쉽게 달랠 수 없었다.

"어머!"

"응? 누구냐?"

여종인 줄 알았는데, 돌아보니 다휘였다. 그녀는 대량원군을 보고 인사를 했다.

"여긴 무슨 일이오?"

"바람 좀 쐬러 나왔사옵니다. 헌데, 종들을 시키시지 않고 왜 직접 물을 떠다 드시옵니까?"

대량원군은 눈짓으로 대답을 대신했다. 다휘는 별말을 않고 돌아가려 했다.

"허, 헉!"

순간, 대량원군의 눈이 휘둥그레졌다.

"배, 뱀이다! 뱀!"

대량원군은 얼굴이 공포에 질린 채 확 뛰어오르다시피 했다.

"뭐?"

"뱀?"

"뱀이다!"

사람들이 모두 밖으로 달려 나왔다. 대량원군은 몸에 붙은 뭔가를 떨쳐내려는 듯 팔다리를 마구 휘둘러 가며 날뛰었다.

"잡아!"

강감찬의 말이 떨어지기도 전에, 무원이 몸을 날렸다.

"대량원군 마마!"

"저기, 큰 뱀이 있단 말이오!"

대량원군에게도 같은 증상이 일어나다니, 무원은 재빠르게 그를 붙들었으나, 그는 놀라울 정도로 강한 힘을 냈다. 그대로 뒀다가는 우물에 뛰어들 것 같았다.

"대군마마! 정신 차리시옵소서!"

"아니 되겠다!"

무원이 그 굳센 팔을 휙 들었다. 다른 이가 말리기도 전, 대량원군의 목덜미에 손날이 떨어졌다.

"윽!"

순간, 대량원군의 고개가 뚝 떨어졌다.

"이 녀석아!"

강감찬은 무원을 나무라듯 했으나, 오히려 다행인지도 몰
랐다.

"아, 아니, 이게 무슨 일이오?"

김치득이 달려 나오며 말했다. 김웅도 마찬가지였다.

"다휘 너, 여기 무슨 일이냐?"

"그저, 바람 좀 쐬러 나왔는데 대량원군 마마께서 갑자
기…!"

"조금 두면 좋아질지도 모르옵니다."

무원이 말했다. 김웅은 우물 주변을 보다가 다휘에게 몸을
돌렸다.

"네가 뭘 보았느냐?"

"마마께서 우물에서 물을 떠서 드셨는데, 갑자기…!"

"여기에 뭐가 또 있었다는 말인가?"

"그런 것 같사옵니다."

"이럴 수가!"

김치득은 대량원군을 빨리 방으로 옮기라고 지시했다.

"마마는 어떠시냐?"

"다행히, 지금은 안정된 상태시옵니다."

무원이 말했다.

"아니, 대체 무슨 일이 생긴 건지 모르겠다. 이번에 그, 마

202

마가 드신 그 두레박이나 발우는 검사해 보았느냐?"

"이번에는 거기에서도, 깜부기 가루가 보이지 않았사옵니다!"

무원은 고개를 설레설레 저었다.

"대체 어떻게 이런 일이…!"

"실례하오."

문이 열렸다. 누군가 보니 최준호였다.

"들어가도 됩니까?"

"그러시죠."

"어인 일로 오셨습니까?"

"간단히 정리해 보았는데 말입니다. 대량원군 마마를 이 집으로 모셔 오도록 한 건 아무래도 잘못인 것 같습니다."

"제가 봐도 좀 이상한 게 있습니다."

강감찬이 말했다.

"무엇입니까?"

"발해인 촌에서 산다는 그 의원 말입니다. 대량원군 마마에게 선재 스님이라고 부를 정도로 잘 알고 있었던 것 같습니다. 그런데 마마가 비상으로 독살당하고 있다는 사실을, 이 사람도 알 정도로 증세가 있었는데 의원이 몰랐을 리가 없습니다."

"그렇습니까?"

최준호의 얼굴이 어두워졌다.

"그 의원도 이상합니다. 그리고 오늘 여기 오간 사람이 또 있습니까?"

"그렇다면, 그 장민규라는 자는 어떻게 해야 하옵니까?"

최준호가 물었다.

"나도 잘 모르겠소. 그건 대관께서 하셔야죠. 하지만 괜히 잡아다가 고신(고문)하면서 자백받으려고 하지는 마십시오."

강감찬은 씩 웃었다. 최준호는 고개를 갸우뚱했다.

"그 깜부기 가루가 얼마나 이상한지 모르겠지만 그걸로 사람을 그렇게 만들 수 있는지는 모르겠습니다."

"방금 보셨잖사옵니까?"

무원이 끼어들었다.

"이상하네. 오늘 이 집에 있던 사람 짐 다 뒤졌지만 그런 건 없었는데…!"

"거기, 너!"

순간, 김치득의 얼굴은 한편에 서 있던 다휘에게 향했다.

"대량원군 마마와 마지막에 같이 있었던 건 너 아니냐?"

"그게 무슨 말씀이오?"

김웅이 나섰다.

"독살은 남자보다는 계집이 하는 게 더 어울리지?"

"무, 무슨 말씀이옵니까?"

다휘가 놀라며 말했다. 김웅은 김치득을 막아섰다.

"제 딸이 대체 무슨 이유로 목사 나리의 형님은 물론, 대량원군 마마까지 해치려 한단 말씀이시오?"

"혹시 공께서, 따님을 시켜서 한 거 아닙니까?"

"이보시오, 내 아우도 죽었단 말이오! 내가 왜 아우를 죽인단 말이오? 그리고 사람 죽이는 데 딸을 시키는 아비가 어디 있소?"

"제 형님을 죽인 것만 해도 조정에 반하는 행위인데, 황위 계승자이신 대량원군 마마를 해친다면 이건 목이 백 개라도 모자란 일이지요. 따님을 관아로 끌고 가야겠습니다?"

"아니 되오!"

강감찬이 나섰다.

"김웅 공이 설마, 딸을 시켜서 그런 짓을 할 분입니까!"

"강 공, 나서지 마시기 바랍니다."

김치득은 다휘의 팔을 잡았다.

"까악!"

순간, 다휘는 김치득의 발을 확 밟았다. 그녀는 무예를 제대로 익힌 만큼 발등의 급소를 정확히 찌르듯 밟을 수 있었다.

"으윽!"

김치득은 놀라며 깡충 뛰었다.

"이 계집애가!"

그가 손을 드는 순간, 누군가가 그 손을 탁 잡았다. 무원이었다.

"네놈이 왜 끼어드느냐!"

"목사 나리, 체면을 차리시죠. 다휘 아가씨에게 뭔가 조사할 점이 따로 있다면 관비라도 시켜서 방을 조사하든지, 아니면 관아로 끌고 가시든지 해야지 않습니까? 여기서 아버지가 보는 앞에서 손찌검하실 겁니까?"

"이것들이 뜨거운 맛을 아직 못 봤구먼? 여봐라! 당장 이자는 물론 이 아비까지 모두 끌어내라!"

김치득이 언성을 높였다.

"좌복야 대감께 고해서라도 모조리 대역죄로 몰아 버릴 수도 있다!"

순간, 뒤에서 다른 목소리가 들렸다.

"대역죄라니? 벌써 범인이 잡혔소?"

"마마!"

대량원군은 비틀거리며 나온 뒤, 기둥에 간신히 손을 짚고 섰다.

"마마, 괜찮으시옵니까?"

김치득이 달려가며 말했다. 강감찬도 그를 다시 보았다.

"여기, 김웅 공 집, 맞소?"

"그렇사옵니다!"

"저, 정말, 악몽이라도 꾸는 것 같았소. 눈앞의 모든 게 캄캄해지고, 별 이상한 소리가 막 들리고 말이오. 이 겨울에 웬 뱀인지…!"

대량원군은 창백해진 얼굴로 말했다.

"그 아가씨는 죄가 없소. 이 사람, 그냥 나온 김에 물을 떠 먹었을 뿐이오. 그 아가씨는 지나가다 얼굴만 마주쳤을 뿐이오. 그러니 내버려 두시오!"

"마마, 하오나! 마마께서 쓰러지셨을 때, 같이 있던 사람은 저 계집뿐이옵니다!"

"내버려 두라고 했소! 도적 열 명을 놓치더라도 무고한 사람 한 명을 잡지 말라, 모르시오? 허, 헉!"

대량원군은 그 자리에서 픽 쓰러지고 말았다.

"마마!"

곧 종들이 대량원군을 다시 방으로 데려가 눕혔다.

18. 탈출

'김치득, 그자가 무슨 일을 내려는 건가?'

강감찬은 이번 일은 과연 어떻게 하면 그렇게 될 수 있는 건지 아무리 생각해도 알 수가 없었다.

박재훈이 강감찬의 방으로 왔다.

"군사들이 제 방까지 모두 뒤지고 나갔사옵니다."

"이 방도 마찬가지일세."

강감찬은 갈아입을 옷 몇 벌과 지필묵만 가져온 터라 별로 뒤질 만한 물건도 없었다.

"아니, 대체 어떻게 된 것이옵니까?"

박재훈은 도저히 이해가 가지 않는다는 듯 머리를 저으며 말했다. 강감찬은 청자연적을 상 위에 올려놓았다.

"그 깜부기라는 거, 정말 무서운 것인가 봅니다!"

"그러게 말일세. 일본인 촌에서 깜부기를 다룰 줄 아는 사람은 이미 죽었다고 했나? 헌데, 그들은 그 발해식 모자를 쓴 사람이 가서 그 깜부기와 관련된 책을 훔쳐 간 적이 있다고 하지 않았나?"

"하지만 그건 그렇다 할 증좌도 없는 일이옵니다. 그게 신경이 쓰이시옵니까?"

"그렇다네."

"그 사람이 정말 발해인이라면, 발해 모자를 쓰고 갔겠사옵니까? 변장했겠지요. 그런 모자 하나쯤 구하는 거야 여기서만 해도 쉬울 텐데."

박재훈은 발해인 촌 쪽을 가리키며 말했다.

"그러니 더 문제란 말일세. 깜부기는 고려에서는 잘 나지 않고 일본에서도 추운 지방, 거란이나 여진 쪽에서나 나온다고 하지 않았나. 자네도 거란이나 여진, 몽골 쪽까지 다녀온 적이 있다고 했지? 거기에서 깜부기를 본 적은 없었나?"

"송구하오나 밀밭에서 깜부기를 보기는 했어도, 그걸 어떻게 쓰는지는 알지 못했사옵니다."

"송구할 것까지는 없네."

강감찬은 박재훈을 다시 보았다.

"헌데, 여진족들이 자네를 좋아했나? 고려인이 거기서 살기는 어려웠을 텐데."

"다행히 사냥을 배울 수 있어서, 제 활 솜씨는 높이 사 주더군요."

"그렇구면, 사실 거란이 압록강 일대 여진족들에게 강력한 압박을 가하고 있다네. 그들도 발해의 백성들이었으니 말일세. 하지만 사실, 그들이 뭉치지 못하게 하기 위해서일 걸세!"

여진족이 만 명만 넘으면 당해낼 수 없다는 말이 있을 정도로, 그들은 사냥과 전투에 능했다. 그러니 그들 부족을 이간질하거나 몇 번 토벌하여 분열시키는 게 거란과 고려의 일이기도 했다.

강감찬은 잠시 망설이다가 물었다.

"자네, 김웅 공과 전에 만난 적 있나?"

"김현 공을 뵌 적 있사옵니다. 그래서 조문 왔다가 이 신세가 된 것이옵니다."

박재훈은 씁쓸하게 웃었다.

"그렇구면. 그런데 문제는 과연, 최 대관이나 김 목사가 어떻게 할지 모른다는 말일세. 최 대관은 어디 갔는지 아는가?"

"잘 모르오나, 발해인 촌 쪽으로 간다고 한 것 같사옵니다."

강감찬은 무원이 외출했기 때문에 자신은 나갈 수가 없음을 알고 있었다.

"원 녀석, 지금 뭘 하는 건지?"

210

"저도 좀 다녀와야 할 것 같사옵니다. 혹시 발해인 촌 쪽에 수상한 사람이라도 있사옵니까?"

"뭐, 수상한 사람이라기보다는…."

강감찬은 장민규라는 의원 이야기를 했다.

"김현 공 사건과 대량원군 사건이 관련이 있는지 없는지 모르지 않사옵니까?"

"그래서 그렇다네. 대량원군 마마에게 어떤 이는 비상을 먹였다네. 그것도 서서히 죽이려 했네. 그런데 이번에만 갑자기 깜부기를 먹일 이유가 있었겠나?"

"뭔가 급한 일이 생긴 게 아니겠사옵니까?"

박재훈이 말했다.

"뭐가 급했을까?"

"모르옵니다. 좌우간 이건 분명히 대역죄인데, 점점 일이 커지는 것 같아 고민이옵니다. 이거, 복직도 해야 하는데…."

박재훈은 자신의 근무지인, 서북면을 보며 말했다.

강감찬도 그 말에 동감했다. 대량원군에게 해를 입히려는 일이 생겼으니 이는 대역죄나 마찬가지였다.

다음 날 아침이었다. 다행히 대량원군은 정신을 차렸다. 그는 거의 기억도 하지 못하는 듯했다.

"다행이옵니다. 마마."

김치득이 대량원군에게 말했다. 밤새 저택 안은 물론 그 주변을 샅샅이 뒤졌지만, 어딜 가도 그 깜부기 가루를 찾을 수 없었다.

"이 사람, 오늘 신혈사로 돌아가야 할 것 같소."

"마마, 하오나 여기가 안전할 것이옵니다."

김웅이 말했다.

"여기가 안전? 어제 무슨 일이 있었는지 기억을 못 하오?"

대량원군이 목소리를 높였다.

"허나, 신혈사 역시 위험할 것이옵니다!"

"그래도 익숙한 곳이 나을 것이오. 거기다 여기 있다가는 다른 사람들도 위험하오!"

대량원군은 막무가내로 신혈사로 가겠다고 말했다. 결국 김치득은 두 손을 들 수밖에 없었다.

"관군을 붙여 드리겠사옵니다."

"아니오. 그러면 오히려 눈에 띄니 저 사람이랑 둘이 가겠소!"

대량원군이 가리킨 사람은, 바로 무원이었다.

"강 공, 괜찮소?"

"아, 여부가 있겠사옵니까?"

강감찬은 대량원군이 갑자기 왜 그러는지 몰랐지만, 일단 그가 명하니 말을 들어야 했다.

잠시 후, 무원과 대량원군은 김웅의 저택을 나섰다.

"휴우, 마마, 일단 나오셨사옵니다."

"자네 발상은 괜찮았지만, 그리 세게 때리면 어떡하나?"

대량원군의 말에 무원은 씩 웃었다.

"마마께서 그런 재능이 있으신 줄은 몰랐사옵니다. 간단히 증상을 설명해 드렸을 뿐인데 실제로 뱀이라도 본 것처럼 날뛰시는 게…!"

"날뛰어?"

대량원군은 말을 그렇게 했지만, 씩 웃고 말았다.

"거기다, 굳이 밤에 비틀거리는 척 나오셨을 때는 정말 들키는 줄 알았사옵니다!"

"그 아가씨가 범인으로 몰릴 뻔하지 않았나. 거기다 그 일 때문에 온 집안을 다 뒤졌으니 사실 민폐였다네. 만약 그 아가씨가 김치득에게 끌려갔다면, 무슨 일을 당했을지 모른다네."

"그래도 나오셨으니 다행 아니옵니까."

"그래, 이제 호랑이 굴을 나온 거나 마찬가지니 다행일세. 하지만 그 일 때문에 다른 사람이 곤란해지지 않을까 걱정되네!"

"아버지가 어떻게 해 주실 것이옵니다. 그나저나 이제 신혈사로 갈 것이옵니까?"

"아닐세."

대량원군은 고개를 저었다.

"김웅 공이 왜 김치득에게 저리 쩔쩔매는지, 한 번 알아봐야 할 것 같네. 그러니 미안하지만 자네 나와 같이 거기 좀 가 주겠나?"

"어디 말씀이옵니까?"

"출입 금지 조치가 된 그 산 말일세. 한 번 들어가 보는게 좋겠네!"

"좋사옵니다. 소생도 그게 궁금하던 참이었사옵니다. 헌데, 그 전에 염려되는 게 하나 있사옵니다."

"무엇인가?"

무원은 전날 밤, 강감찬에게서 들은 이야기를 해 주었다. 발해인 촌의 의원인 장민규가 조금 수상하다는 말이었다.

"황손이라는 사실을 숨기고 사시지 않사옵니까?"

"그런 걸 떠벌리고 다니겠나?"

대량원군은 말도 안 된다고 하며, 다들 자신을 선재 스님이라고만 부르고 황손이란 것은 신혈사 사람들과 호족들, 고을 수령들만 안다고 했다.

"그런데 그 점 하나만으로 그 의원을 의심하면 되겠나?"

"마마께서 이리 목숨 위협을 받으시는데, 누구든 의심하지 않을 수 없사옵니다."

"그 궁시 장인은 어떤가?"

대량원군이 물었다.

"어제 김웅 공의 저택에 왔던 그 사람 말씀이옵니까?"

"그렇다네. 그 사람도 발해인인데, 양주 지방에서 활과 화살 잘 만들기로 소문이 났다네. 백제나 신라식의 화살도 꽤 잘 만든다네."

"그렇사옵니까?"

"그건 그렇고, 지금 발해인 촌에 가서 그 의원에 관해 알아볼 건가, 아니면 그 산으로 갈 건가?"

무원은 잠시 생각한 후 대답했다.

"산으로 가는 게 나을 것이옵니다. 최 대관 나리가 오늘 그 의원을 조사할 테니 말이옵니다."

"마마, 헌데 우리, 미행당하고 있는 것 같사옵니다."

무원이 말했다.

"뭐라?"

"뒤돌아보지 마십시오!"

무원은 잠시 생각한 뒤, 주머니에서 뭔가 물건을 꺼내 실수로 떨어뜨리는 듯한 시늉을 했다.

"아니, 이거?"

그는 그게 뒤쪽으로 굴러가자, 줍기 위해 뒤로 가는 척하면서 모퉁이에 있던 사람을 확 붙잡았다.

"이놈!"

"어머!"

무원이 붙잡은 사람은 다름 아닌 다휘였다. 그녀는 몸종도 없이 홀로, 그것도 남자 옷을 입은 채 서 있었다.

"아니, 다휘 아씨 아닙니까? 그런 모습으로 여긴 웬일이오?"

그녀는 짐을 메고 있었는데 틀림없이 그녀가 잘 쓰던 쌍검일 것 같았다.

"아버지까지 속이고 오신 것이옵니까?"

"아버지라니, 내 아버지요, 당신 아버지요?"

"도련님 아버지죠!"

다휘는 톡 쏘듯 말했다. 무원은 약간 당황했다.

"그러면, 아버지도 오셨소?"

"아니옵니다. 헌데 좀 이상한 건 소녀도 마찬가지라, 같이 가게 해 주시옵소서!"

"아가씨의 아버님과도 관련된 일일 수 있소. 잘못하면 댁의 집안에 큰 문제가 생길 수도 있소!"

대량원군이 말했다.

"그러니 더 가야 하옵니다! 아버지가 죄를 지으신 게 있다면 어떻게든 고쳐 나갈 방법을 찾아야 하지 않겠사옵니까?

그리고 두 분 때문에 소녀 관아로 끌려갈 뻔했사옵니다!"

다휘는 이미 결심을 굳힌 것 같았다. 어차피 나온 이상 어쩔 수 없었다. 결국, 세 사람은 우선 그 산으로 향했다.

점심 식사 후 강감찬은 차를 마시고 있었다.

김치득은 대량원군이 독살당할 뻔했다며, 서둘러 양주 고을 안의 모든 민가를 수색해서라도 수상한 사람이 있으면 찾으라고 했다. 물론 주막 등도 마찬가지였다.

"저 주막에 두 사람이 묵었는데, 아침에 식사도 하지 않고 나갔다 하옵니다."

"그래? 그 사람들이 수상해 보이던가?"

양주 고을은 사람들이 많이 다니는 곳이라 수색을 한다고 해도 사람 하나하나를 다 단속할 수가 없었다. 그러니 애를 먹을 수밖에 없었다.

"점잖은 분들 같은데 평민 복장을 하고 있어서 이상하다고 여겼다 하옵니다."

"어디로 갔다고 하던나?"

김치득이 성질을 부리는 소리가 강감찬의 방에까지 들렸다. 그는 관아로 돌아갈 생각이 없는지 김웅의 집에서 지시하고 있었다.

문득, 무원을 처음 만났을 때가 생각났다. 그때만 해도 아

217

직 일곱 살이었지만, 어머니에게서 거란은 고려의 원수라고 교육받으며 컸는지 증오가 가득한 얼굴을 하고 있었다.

벌써 손자까지 본 나이에 양자를 들이다니 조금 우스웠지만, 강감찬은 남부끄럽지 않게 무원을 키웠다. 자신과는 달리 무예에 뜻을 둔 만큼 그에 맞는 지원을 해 주었다. 단지 지방 한직을 많이 떠돌았기에 집에 신경을 쓸 기회가 적었을 뿐이었다. 하지만 다행히도 무원은 이런 장소에도 데려올 수 있을 만큼 든든하게 자라 주었다.

"원 녀석, 그렇다고 제 아비까지 속이다니…."

강감찬은 씁쓸하게 웃었다. 김치상과 김현이 죽었을 당시 눈동자가 눈을 모두 까맣게 채울 정도로 커져 있었다. 그 독의 증상 중 하나가 동공 확장이었다. 하지만 대량원군의 두 눈은 멀쩡했다.

'대량원군 마마를 이 집에서 내보내기 위해 나름 수를 썼구먼? 하지만 이후에 또 무슨 일이 날지….'

문제는 따로 있었다. 대량원군이 신혈사로 떠난 뒤 얼마 지나지 않아, 김치득과 최준호가 저택을 나섰기 때문이다. 최준호는 발해인 촌을 조사하러 가겠지만, 양주 목사는 어디로 가는지 알 수 없었다.

"나리!"

박재훈이 갑자기 달려오는 바람에, 강감찬은 마시던 차를 뿜을 뻔했다.

"무슨 일인가?"

"최 대관이, 죽었다 하옵니다!"

19. 또 다른 참극

"뭣이라?"

강감찬은 놀라고 말했다. 어사대 대관이 죽다니, 이는 더 큰 일이 될 수 있었다.

"양주 목사는? 지금 어디 있는가?"

"관아에 사람을 보내긴 했사옵니다!"

"아니, 어떻게 하다 죽었나? 혹시 또 깜부기인가?"

"아니옵니다. 화살에 맞았다 하옵니다!"

"어디들 가시려는 겁니까?"

갑자기 나타난 사람은 김웅이었다.

"아니, 이게 무슨 일입니까?"

"무슨 일이냐니요?"

"다휘가 또 없어졌단 말입니다!"

김웅은 분노에 가득 찬 얼굴로 말했다. 그 뒤에는 그녀의 몸종이 안절부절못하며 서 있었다.

"다휘요?"

박재훈과 강감찬은 눈을 크게 떴다. 최 대관이 화살에 맞자, 그를 수행하던 군사 중 몇 명은 관아로, 몇 명은 김웅의 저택으로 달려왔다.

"양주 목사는 어디 갔다고 하오?"

강감찬이 물었다.

"모르오."

"김 공, 저와 같이 거기 가 봅시다."

"거기?"

"발해인 촌, 최 대관이 죽은 곳으로 가 보잔 말입니다."

"왜 같이 가야 하오?"

"이 사람이, 과거에 고을 수령을 많이 지내서 그런 사건들은 좀 조사할 줄 안단 말이오. 그리고 아무도 나가지 못하게 하시오."

김웅은 혼란스러웠지만, 강감찬의 말을 따르기로 했다. 두 사람과 호위무사들이 말을 타고 발해인 촌으로 갔다.

"성주님 납시오!"

사람들이 모두 비켜서며 고개를 숙였다.

"양주 목사가 지금 자리에 없으므로 내가 대신 왔네. 죽은 사람이 누군가?"

"저 분이옵니다!"

현장은 바로, 장민규의 집 뒤뜰이었다. 최준호는 등에 화살이 꽂힌 채 엎어져 있었다. 헌데 이상하게도 담장을 등진 채 엎드려 있었다.

"아니, 이건?"

김웅은 화살을 보자 눈을 크게 떴다. 그는 금방 알아볼 수 있었다.

"이건, 그 궁시 장인인 수복이가 만든 것이오! 이 사람이 그 가게에 단골로 주문하기 때문에 알고 있소! 그것도 이건 대나무 화살 아니오?"

"수복이라고 했사옵니까?"

김웅은 자신이 대나무를 구해서 수복에게 주면서 화살을 주문했다. 그는 북쪽 지방의 다른 사람들처럼 싸리나무 화살을 쓰곤 했지만, 가끔은 대나무를 쓰기도 했다. 김웅은 호위 무사들에게 명해 당장 그를 잡아 오라고 했다.

"서, 성주님!"

수복은 김웅을 보자 벌벌 떨며 말했다.

"자네가, 이 사람을 죽인 건가? 담장 너머로 활을 쏴서?"

"무슨 말씀을 하시는 겁니까! 쇤네는 이분이 누구인지도 모르옵니다!"

"어제 우리 집에 화살 배달하러 왔을 때 보지 못했나?"

"보지 못했사옵니다!"

"댁에 사람이 얼마나 많은데 그걸 다 기억하겠소?"

강감찬이 나서며 말했다. 그는 군사들에게 물었다.

"자네들은 최 대관이 죽었는데도 어찌 가만히 있었는가?"

"송구하옵니다. 저희가 장민규의 집안을 수색했지만 수상한 것은 나오지 않았사옵니다. 헌데 대관 나리께서 갑자기 저희는 물러가 있으라고 하셨사옵니다. 수색이 끝나고 잠깐 물러가면 그자가 안심하고 빈틈을 보일 테니 그때 현장을 잡겠다고 하시며 혼자 계셨는데 나중에 비명이 들려서 가 보니…!"

군사들의 대답에, 강감찬은 혀를 끌끌 찼다.

강감찬은 이번에는 그 집의 주인인, 장민규 쪽으로 향했다. 그 역시 주눅이 든 얼굴로 말했다.

"이분이, 자네를 만나러 왔는가?"

"그, 그렇사옵니다!"

"그래? 무슨 용건으로 왔는지 아는가?"

"네 쇤네에게 와서 깜부기에 관해 알려 달라고 하셨사옵니다!"

"깜부기?"

역시 예상한 대로였다.

"그런데 어떻게 하다가 죽임을 당했는지 아는가?"

"모르옵니다! 쇤네도 그저, 비명이 들려서 나와 보니 이분이 쓰러져 계셨사옵니다! 저 수복이 녀석이 활로 쏜 거 아니겠사옵니까?"

"그게 무슨 말씀이오?"

수복이 펄쩍 뛰어올랐다. 장민규는 조금도 놀라지 않고 말했다.

"활을 쏠 수 있는 사람은 이 사람뿐 아니옵니까? 쇤네는 활도 화살도 갖고 있지 않사옵니다!"

"옆집이 마침 비어 있었는데, 몰래 들어가서 화살 한 발 집어 오는 건 일도 아니지 않은가!"

김웅이 관군 군사들에게 물었다.

"최 대관이 죽고, 이 사람들이 어딜 가기라도 했는가?"

"아니옵니다! 근처에 있던 사람들은 아무도 움직이지 못하게 했사옵니다!"

군사들이 대답했다. 그러자 강감찬이 물었다.

"다행이오. 혹시 범행에 사용된 물건을 버리기라도 했다가는 큰일인데 말이오. 그런데 정말, 양주 목사는 어디로 갔는지 모르는가?"

"모르옵니다!"

강감찬은 의원 안쪽을 살펴보았다.

"깜부기가 뭔지 자네는 아는가?"

"듣기는 했사오나, 실제로 본 적은 없사옵니다."

강감찬과 김웅은 주변을 살펴보았다. 수복은 그저 화살을 만들다가 잠시 뒷간에 갔을 뿐이라고만 했다. 그도 비명을 듣기는 했다. 그의 작업장에는 늘 그렇듯 화살 깃을 만들 꿩 깃털과 대나무, 그리고 화살촉 등이 놓여 있었다.

"여기서 화살 하나를 몰래 가져가서 사용할 수도 있을 것 같소."

강감찬이 말했다. 하지만 문제는 화살이 아니라 활이었다. 호족들의 주문대로 만드는 활은 꽤 고가의 재료가 들어가기 때문에 엄중히 보관하고 있었기 때문이다. 화살촉은 늘 그렇 듯, 나무로 만든 연습용과 사냥을 위한 철제의 그것만이 놓여 있었다. 최준호의 등에 꽂힌 화살 역시 사냥을 위한 것이 었다.

"자네가 활로 이 사람을 쏜 게 아니란 말인가?"

"이 마을에 활을 소지한 사람이 한둘이 아니옵니다!"

수복이 말했다. 강감찬이 생각해 보니 확실히 그렇긴 했다. 사냥을 업으로 하는 사람들이 많은 곳이니 그랬다. 하지만 담장 너머로 활을 쏠 수는 있어도, 궁시 장인의 집 밖에서 쏜다면 그의 집 담은 물론 의원의 담까지 넘어야 한다. 그러면 지나가는 사람의 눈에 띌 수도 있다.

"화살을 던지면 되지 않소?"

"화살은 비수가 아닙니다. 이 정도로 깊이 박히지는 않을 것입니다."

"활로 쏘면 관통하고, 손으로 던졌다고 하기에는 너무 깊이 박혔다면 어떻게 했단 말이오? 범인이 꽤 장사일 수도 있지 않소?"

"수복과 장민규는 그리 장사로 보이지는 않지 않습니까?"

강감찬의 말에, 김웅은 비꼬듯 말했다.

"하긴 그렇구려. 강 공과 거의 비슷한 체격이니 말이오."

"자네, 선재 스님과 친한가?"

강감찬은 조금 언짢았지만 내색하지 않고 장민규에게 물었다.

"우리 마을 사는 사람들은 모두 선재 스님을 좋아하옵니다. 늘 친절하시고 가난한 사람들 돕는 걸 좋아하셨사옵니다. 헌데, 어찌하여 그 스님 말씀을 하시옵니까?"

"조사에 필요한 질문일세."

"그렇다면 수복이가 담장 너머에서 최 대관을 향해 활을 쏜 것이오?"

김웅이 물었다.

"아니, 그러기는 조금 어려울 것 같습니다."

"왜 그렇소?"

"이 거리에서 활을 쐈다면 완전히 관통했을 겁니다. 하지만 등에 꽂혀 있을 뿐입니다."

"그렇다면 가까이에서 찌른 것 아니오?"

궁시 장인인 수복은 그 시각에 잠시 외출 중이었다고 했다. 하지만 활을 보관하고 있는 방에는 자물쇠를 단단히 채워 놓았고, 누가 그것을 부수거나 한 흔적도 없었다.

'화살을 쏜 게 아니라 직접 찌른 걸까? 아니야. 화살로 사람을 찔렀을 경우, 찌른 사람의 몸에도 피가 묻지 않을 수 없다. 그리고 장민규 저자는 김 공 말대로, 나와 비슷할 만큼 키가 작다. 그 키로 최준호를 저런 각도로 찌르기는 어려울 거야.'

화살이 들어간 방향은 아래에서 위가 아니라, 분명히 그 반대였다. 따라서 직접 찌르지도 않았을 것이다.

강감찬은 최준호의 시체를 다시 보았다. 그는 장민규의 집에서 뭔가를 찾아냈고 그 때문에 죽임을 당한 것일까.

"비명이 들렸을 때, 자네는 뭘 하고 있었나?"

강감찬은 장민규에게 다시 물었다.

"군사들이 우리 집을 다 뒤지고 가서 집 정리하고 있었사옵니다! 깜부기 숨긴 거 있느냐며 약봉지를 다 들췄는데, 아직 정리도 다 하지 못했사옵니다."

"그래?"

강감찬은 뜰에 있는 아궁이를 보았다.

"이건 뭔가?"

"약을 달일 때 쓰는 것이옵니다."

강감찬은 그 아궁이 뒤에 있던 창고 안으로 들어가 보았다. 장민규는 그리 정리를 잘 하지 않는 듯, 도구들이 여기저기에 흩어져 있었다.

문득, 호미가 하나 눈에 들어왔다. 약초를 캐거나 할 때 쓰는 것이니 이상할 건 없었지만 흙도 묻지 않고 깨끗했다.

"흐음!"

그는 잠시 후, 장민규의 방으로 가 보았다. 역시 그의 말대로 약재가 여기저기 흩어져 있었다.

"이게 뭔가?"

강감찬은 벽을 보며 물었다.

"효자손 아니옵니까?"

장민규는 왜 새삼스럽게 묻느냐는 듯 말했다. 강감찬은 그를 보더니 딱 한마디 했다.

"역시, 자네가 범인이구먼?"

20. 여진족

장민규의 눈이 휘둥그레졌다.

"아, 아니, 그게 무슨 말씀이시옵니까? 소인이 무슨…!"

"이걸 보게."

강감찬은 호미를 들이밀었다.

"이렇게 먼지 하나 없이 깨끗하고, 아직 물기도 마르지 않았구먼. 방금 쓰고 씻어냈다는 뜻이지."

"그, 그게 왜, 소인이 범인이라는 말이 되옵니까!"

장민규가 뭐라 하기도 전에 김웅의 호위무사들이 달려들어 그를 붙들었다.

"끌고 가기 전에 그 이유를 설명해 주겠네!"

강감찬은 호미를 들어서 뜰에 있던 아궁이 속의 재를 긁어낸 뒤, 그 밑을 보았다. 거기에는 최근에 판 듯한 흔적이 있었다. 파 보니, 그 안에는 작은 나무 상자가 있었다.

"최 대관이 이 호미로 여기를 팠구먼? 그리고 이걸 찾아냈고!"

강감찬은 호미를 땅에 던지고는 그 상자를 들어 보였다.

"이게 증좌일세!"

상자를 열자, 그 안에는 가죽 주머니가 들어 있었다. 주머니 안에는 새까만 가루가 들어 있었다.

"이게 뭔지 설명해 주시게! 왜 약재 창고도 아니고, 아궁이 안에 이런 걸 숨겨놓고 있었는지 말일세!"

"이럴 수가!"

장민규는 이를 갈았다.

"잠깐만요."

박재훈은 강감찬이 들고 있던 상자를 보더니 말했다.

"자네, 여진족이구먼?"

"여진?"

김웅과 강감찬의 얼굴이 어두워졌다.

"이 상자에 새겨진 건 여진족들이 쓰는 문양일세. 내가 알지. 여진 쪽에서 보낸 세작이었나?"

박재훈이 말했다. 그는 여진족들과 함께 산 적이 있어서 알고 있었다. 그들은 압록강 주변에 흩어진 채 거란과 고려의 압박을 받으며 살고 있었으니, 고려 쪽 동태를 살필 필요가 있었다. 하지만 귀화민이 아니라 세작 노릇을 할 줄은 몰랐다.

"여진족은 발해에 있던 말갈의 후손들이라 여기서 살아도 자연스러울 것인데 말일세. 헌데 나는 좀 이상했다네. 선재 스님의 건강이 좋지 않으신데 의원인 자네가 거기에 대해 아무 말도 하지 않았다니 말일세. 그것도 아까는 마을 사람들 모두 그 스님을 좋아한다고 하지 않았나?"

"소인이 어떻게, 그 사람을 죽입니까!"

장민규가 말했다.

"소인에겐 활이 없습니다! 저기, 수복이의 집에도 활은 창고에 넣고 잠갔는데 소인이 그걸 열고 그랬단 말입니까?"

"하지만 화살은 훔칠 수 있잖나?"

"활 없이 화살을 쏩니까?"

"던지면 그만이지!"

"무엇이오?"

"자네는 최 대관이 이 아궁이를 뒤지는 걸 보고 얼른 담장을 넘어서 갔는데, 우연이었지만 마침 수복이 이 친구가 자리를 비우고 있었으니 화살을 하나 훔쳐서 그걸 최 대관에게 던졌지. 담장 너머에서 말일세."

강감찬은 장민규의 방 벽에 걸려 있던 효자손을 휘두르며 말했다. 그러자 김웅이 물었다.

"그게 무엇이오?"

"서역 사람들, 거란보다도 더 서쪽에 사는 사람들은 창을 던질 때 이렇게 투창기라는, 대나무를 반으로 쪼갠 것처럼 생긴 도구 위에 창을 올려놓고 그것을 이렇게 던지오. 효자손의 긁는 부분 위에 창을 고정하고 던지면 팔이 더 길어진 것과 비슷한 효과가 나기 때문에 더 빠르고 강하게 던질 수 있소."

"그렇다면, 창 대신 화살을 그 위에 올린 것이란 말씀이시오?"

김웅의 눈이 휘둥그레졌다.

"그렇소. 효자손을 걸 때 쓰는 끈이 너무 길어서 이상하단 생각이 들었소. 손목에 그 끈을 매고 떨어뜨리지 않게 하려고 그랬던 것이오."

"그렇소? 헌데 우리 군에서는 왜 그걸 쓰지 않소?"

"창은 활과 화살에 비해 크고 무겁고, 또 휘두를 공간이 많이 필요하기 때문이오. 또한 사정거리도 활보다는 짧소. 그 개서 이 투창기를 쓰면 활 보다는 약하고, 그냥 던지는 것보다는 강하게 박힌 것이오."

"네놈이, 내 아우와 김치상 목사도 죽인 것인가? 이 독으로? 그리고 대량원군 마마까지 죽이려 했나?"

김웅이 나섰다.

"하하, 고려에서 내분이 나는 게 우리 여진으로서도 좋은 일이라 일부러 모른 척했는데, 그게 화근이 됐네 그려?"

"당장 관아로 끌고 가게!"

김웅의 말에, 군사들은 장민규를 결박하였다.

"하긴 그 말이 맞기도 하오."

강감찬은 한숨을 쉬었다.

"거란이나 고려나, 양쪽에서 여진을 압박하고 있소. 15년 전(993) 거란의 침입 때 직접 나가서 적을 막으셨잖소. 공도!"

강감찬과 김웅은 잘 알고 있었다. 거란의 1차 침입 때 서희가 적장 소손녕을 설득하여 물러가게 하고 영토를 확보한 일을 모르는 고려인은 없었다. 서희는 당시 여진 때문에 거란과 교류하기 어렵다는 점을 들었으므로 그 뒤 여진을 몇 번이나 치면서 압록강 동쪽 영토를 확보해 나갔다. 그러니 여진 쪽에서도 뭔가 조처를 할 법 했다.

"그렇소. 허나 그건 고려를 위해서 한 일이잖소!"

김웅은 강감찬을 보았다.

"공께서 아시는지 모르지만, 이 사람은 여진족들을 좀 압니다. 그들은 1만 명 이상 모이면 고려나 거란도 쉽게 이기기 어려울 만큼, 전투에 능한 자들이오. 그러니 그들이 뭉치지 못하도록 신경을 쓰고 있는 것 아니오."

"물론, 이 사람도 고려인인데 어찌 그걸 모르겠소? 하지만 반면에 여진족들 입장에서는 흩어지면 계속 거란과 고려의 압력 및 이간질이 계속되니 뭉치고 싶겠지요. 멀리 갈 것도 없이 거란족도 흩어졌다가 아율아보기라는 자가 부족을 통일한 다음에 그 강성했던 발해까지 무너뜨렸잖소. 심지어 거란과 고려는 여진족을 자기 전쟁에 동원하기까지 하였으니 그들이 우리를 원망할 만도 하오."

"그래도 그렇지, 여진 쪽에서 고려와 거란을 약화하기 위해 별별 짓을 다 했구려. 고려 황실 상황까지 알아내고 말이오."

김웅은 고개를 저었다.

"헌데, 저자가 왜 굳이 내 아우와 김치상 목사까지 죽여야 했겠소?"

"모르겠습니다. 좌우간 한 번 더 샅샅이 수색하고, 양주 목사가 올 때까지 저자를 붙잡아둬야 할 것 같습니다."

강감찬은 그들과 함께 주변을 살펴보았다.

"나리!"

갑자기, 박재훈이 강감찬을 끌어당겼다.

"왜 그러는가?"

"잠시 이리 와 보십시오!"

그는 김웅 쪽의 눈치를 살피며 강감찬을 슬쩍 오도록 했다.

"무슨 일인가?"

"뵈어야 할 사람이 있습니다."

박재훈을 따라간 강감찬은, 그곳에 서 있던 두 사람을 보자 눈이 휘둥그레졌다.

"아니, 당신들은?"

"만나서 반갑소이다. 강감찬 공."

그는 최항(崔沆)이었다. 이부시랑을 거쳐 중추원사를 지내고 있는 고려 문벌귀족 중 가장 고위직에 있는 이 중 한 명이었다. 그가 보통 복장을 한 채 직접 여기까지 내려오다니, 심각한 일인지도 몰랐다.

"최 공께서 어인 일이십니까?"

"좌복야와 태후마마의 횡포는 그야말로 극에 달했소. 그들이 숭덕소군을 황위에 올리고자 대량원군 마마를 해치려 하기에 그것을 막고자 하오. 헌데 어제 무슨 일이 있었소? 대량원군 마마가 김웅 공 댁에서 나오시던데."

강감찬은 전날 대량원군이 독살당할 뻔했다고 말한 뒤 물었다.

"헌데, 현재 폐하께 알릴 방도가 있습니까?"

"있소."

최항은 옆에 있는 건장한 남자를 가리키며 말했다.

"지채문(智蔡文)이라 하오."

"이번에 우리가 전하 옆의 좌사낭중 유충정을 포섭하는 데 성공했소. 그를 통해 폐하께 알리려 하오. 이번에 일어난 일을 강 공께서 자세히 알려 주시면 우리가 그대로 폐하께 고할 것이오."

"폐하께? 되겠소?"

"김치양은 정변을 준비하고 있소. 그 전에 대량원군 마마를 해치려 하오. 그러기 위해 유행간과 유충정을 포섭하려 했으나, 유충정은 이를 거절하고 우리에게 알렸소."

최항이 말했다.

"허나, 김치양의 동주 세력과 태후마마의 황주 세력이 동시에 개경으로 가기라도 하면 상대하기 어렵지 않겠소?"

강감찬은 말을 그렇게 했지만 김치양이 정변을 일으키는 일은 막아야만 한다는 생각을 했고, 상황에 따라 금주에 있는 자기 사병까지 동원해야 했다.

"서북면에 있는 강조 장군에게 알려서 김치양 일당을 소탕하도록 해야 합니다. 아마 폐하께서도 그렇게 명하실 것입니다."

최항이 말했다. 그러자 지채문이 끼어들었다.

"헌데, 대량원군께서는 지금 어디 계십니까?"

"신혈사로 돌아가셨습니다."

강감찬이 대답했다. 하지만 지채문은 고개를 저었다.

"방금 신혈사에 사람을 보냈는데, 오지 않으셨다고 합니
다!"

"뭣이오?"

강감찬은 매우 놀랐다.

21. 비밀 동굴

강감찬이 장민규를 잡기 얼마 전에 있었던 일이었다.

"김웅 공이 사람들을 데려가는 것 같은데, 수레에 싣고 운반하고 있었다네. 그것도 밤에 말일세."

"예?"

수레에 실려 가는 죄수는 대개 유배 가는 귀족이나 고위 관리다. 하지만 김웅 공은 수레에 큰 천을 덮어씌우고 거기에 죄수를 실었다.

"그리고 이리로 왔단 말일세."

그쪽을 보니, 김웅의 사병들이 길 입구를 지키고 있었다. 산사태 때문에 복구공사를 한다고는 했으나 사람들을 이토록 금하고 있을 줄은 몰랐다. 거기다 양주 목사 등에게 알리지 않았다는 점도 이상했다.

"헌데, 여기서 어떻게 가야 하옵니까? 길로는 못 갈 텐데."

다휘가 물었다.

"둘러 보니 다른 곳에도 경비 군사가 있어서 들어가기 어려울 것 같소?"

세 사람은 별수 없이, 험한 길로 가야 했다. 눈까지 쌓여 있어서 위험했지만, 그 산에서 무슨 일이 벌어지고 있는지 알아봐야 했다.

"아니, 저기, 도적들의 산채 아니옵니까?"

무원이 말했다. 험한 길로 가다 보니 산 한쪽에 평평한 터가 있었고, 그 주변에 사람들이 오가는 모습이 보였다.

"도적들의 산채라 했나?"

"아, 아니옵니다!"

다휘가 말했다. 그녀의 눈길은 그 터 쪽으로 향하고 있는 덩치 큰 사나이에게 가 있었다. 그 남자는 전에 대량원군을 없애려 했던, 도우와 비교해도 뒤지지 않는 몸집의 소유자였다.

"무슨 일이오?"

"저 사람, 소녀가 아옵니다! 우리 가노 중 한 명이었사옵니다! 예전에 사병 해체 때 양주 고을을 떠났다고 들었는데! 저 덩치를 어찌 쉽게 잊겠사옵니까?"

그녀는 뭔가 떳떳하지 못한 일이 이 땅에서 벌어지고 있다는 사실에 놀란 듯했다. 무원은 대량원군을 돌아보았다.

"여기서 기다리십시오."

"어디 가려고 그러나?"

"좀 가까이 가서 보고 와야겠사옵니다! 그리고, 저 뒤에도 뭔가가 있는 것 같사옵니다!"

"같이 가세!"

"아닙니다. 혼자 가서 확인해 봐야 할 것 같사옵니다!"

다휘가 말한, 그 가노 출신이라는 이는 동굴 쪽을 향하고 있었다. 무원은 동굴에서 조금 떨어진 곳의 절벽을 보았는데, 그곳에 뜻밖에도 과녁이 여러 개 있었다.

'저건 활터잖아? 김웅 공이 여기까지 활을 쏘러 올 리가 없는데? 사병 훈련소도 따로 있고!'

"벌써 밥때인가? 빨리 먹고 일들 하라고!"

그 말이 들려온 쪽을 보자, 첫눈에 보아도 꾀죄죄해 보이는 사람들이 있었다. 그들 모두 손에는 곡괭이와 삽 등을 들고 있었다.

'혹시, 광산인가? 누군가 뭔가를 캐고 있는 건가?'

"오늘 캔 건 얼마나 되나?"

다휘가 말한, 그 가노가 말했다.

"이 정도입니다!"

지게를 진 사람들이 말했다. 그들이 지고 있는 것은 곡식을 담을 때 쓰는 가마니였으나, 그것을 동굴에서 꺼내 올 리는 없었다.

"여기 쌓아 둬라!"

채찍 든 사람들이 인부들의 몸을 샅샅이 뒤지고 있었다.

"응? 너, 입 벌려 봐!"

갑자기 가노가 한 명을 붙잡았다.

"이게, 혀 내리면 내가 모를 줄 알았나?"

가노는 그 자리에서 한 주먹에 그 인부를 때려눕혔다.

"네가 갖다 뭐에 쓰려고 그래? 여기에서조차 도둑질이야?
제대로 맛 좀 보여줘라!"

"사, 살려 주십시오!"

그 인부에게는 곧 채찍질과 발길질이 가해졌다. 이 추운
날에 그렇게 무자비하게 때리니 멀쩡할 수가 없었다.

"끌고 가, 이놈은 오늘 저녁 굶겨라! 한 번만 더 그러면 굶
는 정도가 아니라, 엄동설한에서 잠자게 할 테니 그리 알아
라!"

다른 사람들이 그를 끌고 갔다. 나머지 일하던 사람들은
전혀 감정도 없이, 한쪽에 놓인 화톳불 주변에서 경쟁하다시
피 몸 녹이는 데 힘쓰고 있었다. 저러다 불에 뛰어드는 게
아닐까 하는 생각이 들 정도였다.

'저게 뭐지?'

무원은 저게 무엇인지 알고 싶었지만, 더 가까이 갔다가는

들킬 것 같았다. 아니, 들키는 건 둘째치고라도 발자국을 남기면 나중에라도 누군가 알아차릴 수 있었다.

'좋아, 이럴 땐 방법이 있지!'

사람들은 모두 천막 안으로 들어갔다. 무원은 재빠르게 그 천막 주변으로 움직이기 시작했다. 천막 쪽에서는 된장과 함께 밥을 하는 냄새가 풍겨 왔다. 저들에게 식사라고는 주먹밥과 된장국 정도가 전부일 것이라는 생각이 들었다.

"빨리 처먹고, 일이나 해라!"

끌려 온 사람들은 다시 그 동굴 안으로 들어갔다. 무원은 동굴 안쪽으로 접근하기는 어려울 거라 여겼다. 이곳에서 무슨 일하고 있는지 알아야만 했다.

'좋아.'

무원은 아까 뭔가를 숨겨서 나왔다가 얻어맞은 사람이 있던 그 자리로 가 보았다. 그 자리에서 세게 맞은 탓에 눈 위에 빨간 피가 번져 있었다. 그런데 그 안에서 다른 색이 하나 보였다.

'아니, 이건?'

무원은 얼른 그것을 집은 뒤 빠르게 그 자리에서 빠져나갔다.

"뭐가 있었나?"

"마마, 이걸 보십시오!"

무원이 내민 손바닥을 본, 대량원군의 눈도 휘둥그레졌다. 그 안에 있던 것은 자갈처럼 보였지만, 누르스름한 빛이 났다.

"이건 금이옵니다."

"이 겨울에, 저기서 채찍 맞으면서 금을 캔단 말인가?"

무원의 머릿속을 스친 것은, 김현이 강감찬의 집에 가져온 것은 금덩어리였다. 그가 집에서 금을 훔쳐서 도망쳐 나왔을 리는 없었다.

"아, 아버지가 설마…!"

다휘의 하얀 얼굴이 평소보다도 더 창백해졌다.

'그렇지!'

무원은 계산을 해 보았다. 김치상이 양주 목사로 부임한 건 11월 무렵이고, 이 산이 폐쇄되었을 때는 그보다 전인 장마철 무렵이라고 했다.

"쉿!"

"거기, 누구야?"

순간, 무원은 들켰구나 하는 생각이 들었다. 군사 두 명이 창을 들고 덤불 쪽으로 다가왔다.

"이런, 토끼네?"

"쳇, 나온 김에 저 녀석이나 잡아서 구워 먹을까?"

"저걸 어떻게 잡아?"

군사 두 명이 돌아서자 무원은 겨우 안도의 한숨을 쉬고는
움직이려 했다.

"이놈!"

갑자기, 물러나던 군사 두 명이 돌아서더니 창을 그들 셋
에게 겨누었다.

"아, 아니, 어떻게 알았지?"

"바보 같으니라고, 눈 위에 발자국 찍히는 것도 모르나?"

"이런, 할 수 없네."

무원의 옆구리에 긴 창이 들이대어졌다.

"당신 누구야?"

"말 못해?"

다른 군사가 무원을 발로 찼다.

"계집애까지 있는데? 남장하고 칼까지 들고 있고!"

"너희들, 내가 누군지 모르느냐?"

다휘가 말했다. 하지만 군사들이 그녀를 알 리가 없었다.

"당장 꿇어앉아! 칼은 압수한다!"

다른 군사가 무원의 등 뒤로 돌아가서 칼에 손을 댔다. 무
원은 그 틈을 놓치지 않았다.

"에잇!"

무원은 눈을 파도처럼 차올리며 펄쩍 뛰어올라 한 군사의
무릎을 차고, 거의 동시에 턱을 찬 뒤 창을 빼앗았다. 다른

군사가 창을 그의 배 쪽으로 찔렀으나 무원은 빙 돌며 피한 뒤 창 자루로 다른 군사의 안면을 때렸다.

"억!"

무원은 그의 창까지 빼앗은 후 동시에 그들을 향해 겨누었다.

"침입자다! 침입자!"

군사들이 외치자, 곧 시끌시끌해지기 시작했다.

"다휘 아씨, 마마와 피하십시오! 여기는 제게 맡기시고!"

"잡아!"

군사들이 곧 달려와 이들을 포위하려 했다. 무원은 창으로 그들을 막아내기 시작했다.

"먼저 나를 뚫고 가라!"

"웃기지 마라!"

무원이 아무리 무예를 익혔다 해도, 창을 든 군사들의 포위를 뚫기란 어려웠다. 설상가상으로, 뒤에서 다른 군사들이 달려왔다.

"너희들, 누구냐?"

가노가 군사들을 헤치고 나오며 말했다.

"너희들, 내가 누군지 아느냐?"

다휘가 말했다. 순간, 가노의 눈이 휘둥그레졌다.

"다들 멈춰라!"

군사들이 모두 그의 말대로 한 후, 가노가 물었다.

"다휘 아씨? 여기 무슨 일이시옵니까?"

"그건 내가 묻고 싶은 말이다! 여기서 너희들이 무슨 짓을 하는 것이냐?"

그때였다.

"무슨 일인가?"

뒤에서 익숙한 목소리가 들렸다. 바로 김치득이었다.

"아니, 강무원 공자, 그리고 대량원군 마마에, 다휘 아씨까지 여기서 뭐 하는 것이오?"

"당신이 주동자였나?"

무원이 말했다.

"양주 목사에게 당신이라니, 아버지가 예의도 가르치지 않았나 보네?"

"대체, 이게 무슨 짓이오?"

"주동자는 내가 아니라 아가씨의 아버님일세!"

김치득은 관복이 아니라 보통 옷을 입고 있었으며 관군들도 마찬가지였다.

"그게 무슨 말이오?"

"이거 골치 아프게 됐네. 아가씨까지 있으면 아버님이 협력하지 않겠지만, 아니, 오히려 잘 됐나? 아가씨가 내 손에 있으니 아버님이 오히려 잘 협력해 주시려나?"

김치득이 씩 웃으며 말했다.

"더군다나 대량원군 마마까지 있으니 이거 원, 금상첨화구먼!"

"그, 그게 무슨 말씀이오?"

다휘가 뭐라 하기도 전, 김치득의 명령이 떨어졌다.

"우선 저 계집은 끌고 가고, 저 둘은 조용한 데 끌고 가서 없애라. 산적에게 당했다고 위장하면 그만이다!"

"이건 대역죄다! 이분이 누군지 아느냐?"

무원이 대량원군을 가리키며 외쳤지만, 김치득은 보란 듯 히죽거렸다.

"이거, 금광 좀 점검하러 왔다가 금보다 더한 걸 얻었으니 잘하면 내가 일등 공신이 되겠는데?"

"그래서, 김현 공도 죽인 건가 당신이? 아니, 자기 형님까지 죽였나?"

대량원군이 말했다.

"그건 말도 아니 되는 소리요. 내가 왜 형님까지 죽입니까? 내가 없애라고 명령을 받은 건 바로 대량원군 마마 하나뿐인데! 이렇게 제 발로 사지에 와 주셔서 감사하옵니다. 마마!"

김치득의 얼굴에는 웃음이 가득해졌다.

"고려 조정에는 아직 뜻있는 신하들이 있다! 이런 대역죄를 절대 좌시하지 않을 것이다!"

무원이 외쳤다.

"오늘 마마와 함께 죽는 걸 영광으로 알아라!"

"대체, 이게 무슨 짓이오?"

다휘가 소리쳤으나, 군사들은 곧 그녀를 끌고 가려고 했다.

"꺄악!"

다휘는 확 넘어지고 말았다.

"아가씨, 계속 그러면 곱게만 대해 줄 수 없소! 그리고 아까도 말했지만 이곳을 만든 건 내가 아니라 아가씨 아버님이오. 공범이라 이거요!"

"가, 가면 되잖아요!"

"이럴 수가!"

대량원군과 무원은 곧 묶인 채로 군사들에게 끌려갔다.

22. 피신

"어디로 가는 건가?"

"신혈사 가는 길에서 도적에게 당한 것처럼 위장하면 되지! 잘못되면 신혈사 승려들에게 뒤집어씌우면 그만이고!"

거대한 몸집의 가노는 오히려 기대된다는 듯 웃으며 말했다.

"이봐, 이건 대역죄일세!"

"세상을 바로잡는 거라고 했잖소!"

그나마, 그 자리에서 죽여 신혈사 근처에 내다 버리지는 않기로 한 게 다행이었다. 무원은 주변을 살펴보았다.

"자네들, 혹시 김웅 공이 사병을 기르고 있었던 건가?"

"우리는 시키는 대로 하는 게 다다!"

가노가 무원의 뒤통수를 그 넓은 손바닥으로 확 내려치며 말했다. 하지만 무원은 짐작할 수 있었다.

앞서 언급했듯, 사병 보유의 제한은 호족들에는 큰 손해였다. 하지만 김웅은 관군 규모가 치안을 잡기엔 부족하다고 여겨 몰래 사병을 기르고 있었고 그 자금은 틀림없이 저 금광에서 나왔을 것이다.

문제는 김웅이 김치득, 아니 김치양과 힘을 합쳐 대량원군을 해치려 한다면 그 사실만으로도 자신은 이미 역적의 소굴에 와 있는 것이나 마찬가지였다. 우선은 무슨 수를 써서라도 자신은 물론 아버지까지 데리고 양주 고을을 떠나야 했다. 물론 여기서 무사히 빠져나간 다음에 가능한 일이기는 하지만.

무원은 주변을 서둘러 둘러보았다. 눈에 띄지 않기 위해서였겠지만, 이들은 우두머리 격인 가노까지 합쳐서 일곱 명에 불과했다. 가노는 도끼를, 세 명은 칼, 다른 세 명은 긴 막대기를 들고 있었다.

"이런!"

순간, 대량원군이 갑자기 넘어졌다.

"뭐 하십니까?"

"눈길이 미끄럽네!"

대량원군은 무원을 향해 눈짓했다. 순간, 그도 알 수 있었다. 아까 다휘가 넘어지면서 자신이 가지고 있던, 장도(은장도)를 대량원군에게 준 것이다.

숲속으로 들어가자, 그들은 곧 무원과 대량원군을 한쪽에 꿇어앉혔다.

"누구부터 장작 패기를 할까? 그래도, 이쪽을 먼저 하는 게 낫겠네. 그래도 예우해야 하니, 최대한 고통 없이 한 번에 보내드리겠사옵니다. 마마!"

가노는 망나니(사형집행인)인 양, 도끼를 치켜들었다.

"응? 너 지금 뭐 해!"

갑자기 군사 한 명이 무원에게 말했다.

"이런!"

무원은 재빠르게 장도로 줄을 끊고는 펄쩍 뛰어올랐다. 자신을 결박하던 밧줄을 채찍처럼 휘두르자 타격은 줄 수 없었지만, 시야를 순간적으로 가렸다.

"뭐야!"

가노가 도끼날을 돌리기도 전에 무원은 재빠르게 나무에 몸을 날려 힘껏 부딪혔다. 그러자 그 위에 있던 눈이 쏟아지면서 다들 주춤했다.

"이익!"

무원은 무사 한 명을 발로 찬 뒤 우선 그의 막대기를 빼앗았다. 여럿을 상대하려면 칼보다는 양쪽 끝을 모두 쓸 수 있는 긴 봉이 나았다.

"마마, 나무에 등을 기대시옵소서!"

무사 두 명이 동시에 무원에게 달려들었지만, 그는 빠르게 뛰어올라 한 명의 무릎을 찼고 왼쪽에 있던 사람의 머리를 막대기로 내려쳤다. 시간이 없으니 팔다리를 부러뜨려 쓰러뜨리는 편이 나을 것이다.

"이놈!"

"잡아!"

무원은 이럴 때면 우두머리를 쓰러뜨리는 편이 나으리라 여겼다. 하지만 이 가노는 그가 상대하기에 벅차 보였다.

"죽어라!"

큰 도끼가 공중을 휙 갈랐다. 무원은 일단 피한 뒤 막대기로 뒤에 있던 사람의 무릎을 찍고, 다른 사람의 명치를 막대기로 찔렀다.

가노는 무원을 향해 도끼를 휘둘렀으나, 그는 재빠르게 피하고는 막대기로 그의 안면을 강타했다. 그러자 다른 군사가 뒤에서 칼로 당장 벨 듯 달려들었다. 무원은 옆으로 빠지며 그의 옆구리를 때렸다.

"어떻게 저놈 하나를 못 당해?"

가노는 다시 도끼를 고쳐 잡더니, 이번에는 대량원군 쪽을 향했다. 나무와 그를 같이 벨 듯 엄청난 기세였다.

"이런!"

무원은 막대기를 그 가노의 등에 던졌다. 막대기는 빙빙 돌며 날아가 그의 목 부위에 맞았고, 그는 주춤했다. 그러자 다른 군사가 무기를 버린 그를 베려 했지만, 무원은 피하지 않고 그의 팔을 차서 칼을 낚아챘다.

"마마는 아니 된다!"

"이 새끼가!"

가노가 도끼를 다시 들고 무원을 찍으려 했다. 무원은 칼로 막으려 했으나 그 도끼는 칼날마저 깨뜨리고 말았다.

"이런!"

"반쪽을 내 주마!"

무원은 손잡이만 남은 칼을 가노에게 던지고는 일단 도끼를 피하다가 달려들어 손날로 그의 목 부위를 쳤다. 목은 급소 중의 급소다.

"으윽!"

가노가 놀라 도끼를 떨어뜨리자, 무원을 팔꿈치로 그의 명치를 찍었다. 그러자 그는 토하고 말았다.

"이것들을 그냥!"

다른 군사 한 명이 정신을 차리고 다시 칼을 들자, 무원도 칼을 주워 싸우게 되었다.

"뒤!"

대량원군이 소리쳤지만, 가노가 다시 일어나 뒤에서 곰의 그것처럼 굵은 팔로 무원의 목을 감았다.

"으윽!"

일어난 군사는 칼로 무원의 배를 단숨에 찌를 듯 돌격해 왔다. 무원은 자신도 놀랄 만큼 결사적으로 몸을 돌렸고, 군t의 칼은 가노의 옆구리를 찌르고 말았다.

"아니?"

가노는 놀랐지만, 팔을 풀지는 않았다. 그때, 그의 뒤통수에 강한 충격이 왔다. 무원은 그 틈을 타서 빠져나올 수 있었다.

무원이 뒤돌아 보니 대량원군이 손에 막대기를 들고 서 있었다. 그는 그것으로 가노의 몸에 연타를 퍼부었다. 가노는 발로 그를 찼는데 무원에게는 기회였다.

"죽어라!"

무원은 떨어져 있던 칼을 집어 가노의 목덜미 부분을 정확히 베었다. 그러자, 그곳에서 피가 뿜어져 나왔다.

"맙소사!"

지켜보고 있던 군사는 그대로 도망쳤다. 무원은 서둘러 대량원군에게 달려갔다.

"마마, 괜찮으시옵니까?"

"괜찮다네."

"나서지 마시지!"

"빨리 가세!"

두 사람은 서둘러 길을 떠났다. 생각보다 심각한 일이었다.

"마마, 아무래도…!"

"저들은 대역죄를 모의하고 있단 걸세."

"신혈사로 갑니까?"

"아니 그랬다가는 금세 쫓아올 걸세! 잘못하면 스님들까지 모두 죽을 수도 있네!"

김웅의 집으로 돌아갈 수도 없었다. 그 역시 그들과 한패다.

"자네 아버지와 그 다휘라는 아가씨도 구해야 하지 않겠나?"

"그러게 말이옵니다. 하지만 김치득 그자가 다휘 아가씨를 해치지는 않겠지요. 문제는 우리 아버지이옵니다!"

김웅의 집으로 다시 가서 강감찬을 데리고 나온다는 건 자살 행위였다. 지금쯤 김치득이 양주 내 군사를 총동원해서라도 그를 잡으려 할 것이다.

"양주 땅에 있으면 위험하니 금주로 가는 게 좋겠사옵니다. 그리고 황도로 사람을 보내서 대역죄를 묻도록 하지요!"

"아니 된다네. 그랬다가는 김치득이 군사를 일으켜 금주까지 갈 걸세!"

대량원군은 고개를 저었다.

"그렇다면 어떻게 하옵니까? 아, 황도로 가는 게 좋겠습니다!"

"아닐세. 내가 보기에, 아까 김치득이 다휘 아가씨가 있으면 김웅 공과 더 잘 될 거라고 하지 않았나? 아무래도 그자가 김웅 공을 협박하고 있었던 것 같네!"

"예?"

"그러니 잘못하면 그 아가씨가 죽게 된다네, 그 광산으로 돌아가서 구할 방법을 찾아 보자고!"

"김웅 공에게 알리는 게 좋지 않겠사옵니까?"

"그럴 시간이 없네. 조금 있으면 김치득이 우리를 찾으려고 할 걸세! 그리로 다시 가는 게 좋을 걸세!"

김치득은 광산 한쪽에 있는 가장 큰 천막에 앉았다. 다휘는 묶인 채로 그 앞에 앉아 있었다. 그는 다휘가 쓰던 쌍검을 들어 보였다.

"아가씨가 이렇게 좋은 칼을 쓰다니, 무예를 좀 익혔나 보오!"

"대체, 아버지가 무슨 일을 한 것이오?"

"아가씨, 아버님은 우리와 공범이오."

"당신 형님은, 누가 죽였소?"

다휘는 눈을 부릅뜨고 물었다.

"그거야 나도 모르지, 궁금하오! 아우가 형님 원수를 갚는 것도 중요하지만, 그래도 나라의 신하로서 나라를 바로잡는 일을 제대로 해야 하지 않겠소?"

"이게 어떻게 나라를 바로잡는 일이오?"

"여기서 그리 고양이처럼 눈 치켜뜨고 있어 봤자 좋을 거 없소. 이번에 아가씨가 내 말만 잘 들으면, 아버님과 우리는 더욱 제대로 된 동맹이 될 것이오. 아버님이 우리와 손잡지 않으면 대역죄인이 되고, 양주 땅이 완전히 초토화될 것이오. 하지만 성공한다면 양주 땅은 번영에 번영을 더할 것이고 아버님은 공신이 될 것이오."

"대체, 무슨 말씀을 하시는 것이오?"

"일이 끝나면, 아가씨를 내게 달라고 할 것이오. 그러면 더욱 탄탄한 동맹이 맺어질 것이오."

김치득은 씩 웃었다.

"뭐, 뭐라고요?"

"형님은 돌아가셨고 누가 그랬는지는 아직 모르지만, 오늘 최 대관이 발해인 촌에 있는 그 의원이란 자를 조사하러 갔는데 그자가 그랬을지 모르오. 뭐, 자세한 건 나중에 가서 보고받으면 그만이오. 사실 형님과 나 둘이서 누가 아가씨를 가질 것인지 좀 다퉜단 건 비밀인데, 형님이 돌아가신 덕에 내가 갖게 됐으니 솔직히 그 범인에게 조금 고맙다는 생각도 드오!"

다휘의 얼굴이 창백해졌다. 이 탐욕스럽기로 소문난 김치득의 처가 된다는 건 상상도 하기 싫었다.

"나리!"

갑자기 군관이 들어왔다.

"무엇인가?"

김치득은 귀찮다는 듯 말했다.

"그자들이 달아났사옵니다! 그, 강감찬 공의 아들이라는 자 말이옵니다!"

"뭐야?"

김치득은 벌떡 일어났다.

"아니, 뭐 이런 개 같은 경우가 다 있어? 무장한 군사들이 그 두 명도 못 당해냈나? 빨리 관아에 가서 관군을 풀라고 해라! 너희들도 빨리 가라!"

23. 대역죄

"마마까지 오실 필요 없는데…!"

"지금은 피할 곳이 없다네."

별수 없이 두 사람은 다시 금광 쪽으로 갔다. 오는 길에 김치득의 군사들과 마주치거나 한다면 큰일이기에 조금 험한 길로 가야 했다. 대량원군이 그쪽 산에 몇 번 가 본 적이 있어서 길을 잘 알고 있었다.

"저기, 군대 같사옵니다!"

"그들이 길을 나서고 있는데 아마 우리를 찾으려고 출동하는 것 같네."

"저들이 움직인다면 오히려 눈에 띄지 않겠사옵니까?"

"우리를 빨리 잡아야 하니 그렇겠지. 그 아가씨가 지금 저기 있을까?"

"관아로 데려갔을지도 모르옵니다."

"아니오 그러면 시간도 걸리고, 또 성주의 딸이 관아로 잡혀가면 백성들이 시끄러워질 걸세! 그 광산에 잡아 두는게 나을 걸세! 아마 저 천막에 있겠지!"

광산에서 조금 떨어진 곳에 눈에 띄는 큰 천막이 보였고, 그 주변에는 호위무사들이 경비를 서고 있었다. 뜻밖에 김치득이 그 앞에 서 있었다.

"주요 병력은 여길 빠져나간 것 같은데, 어떻게 들어가면 좋을지 모르겠사옵니다!"

대량원군은 다른 쪽에 있는 천막을 보았다. 그것은 마치 가축용 우리 같았다. 틀림없이 일꾼들을 수용하는 천막일 것이다.

"저 천막의 일꾼들을 풀어 주면 어떻겠나?"

무원이 보니, 군사들은 수색 작전에 나갔고, 일꾼들은 아직 작업 중이라 감독들만 있으니 그도 하나의 방법이었다.

"마마, 말 타실 줄 아시옵니까?"

"어렸을 때 좀 타 보긴 했네만, 말을 타고 피하자는 말인가?"

"김치득 그자가 아직 여기 있으니 다행이옵니다. 다휘 아가씨도 여기 있을 것이고, 저 천막에 숨어들어 가도 좋을 것이옵니다. 하지만 김치득 그자를 잡아서 인질로 써야 여기를 빠져나갈 수 있을 것이옵니다."

"그렇다면 방법은 하나뿐일세!"

"무엇이옵니까?"

"어디에 불을 질러서 눈길을 끌어 보세나!"

겨울이라 곳곳에 화톳불을 피우고 있어서 불을 구하기는 어렵지 않았다. 두 사람은 불붙은 땔감을 하나씩 집어서 천막에 던졌다.

"불이다!"

"불이다!"

대량원군과 무원은 그렇게 외치고는 서둘러 가운데 천막으로 갔다. 곧, 다른 천막에서 불길이 솟았다. 수색을 나간 군사들이 연기를 보고 돌아올 수도 있으니 그 전에 서둘러 김치득을 잡아야 했다.

"무슨 일인가?"

김치득이 다시 천막에서 달려 나왔다.

"불이 났사옵니다!"

"빨리 꺼라! 아니, 혹시?"

그는 눈치가 꽤 빠른 인물이라서 서둘러 부하들에게 지시를 내렸다.

"주변을 잘 살펴라! 그 녀석들이 돌아왔을지도 몰라! 아니, 수상해 보이는 녀석이면 모두 그냥 베어도 좋다!"

몇몇 군사들이 다른 쪽으로 빠졌다.

"좋아!"

무원은 눈 속에 묵직한 돌을 넣어서 그쪽의 군사 한 명에게 던졌다.

"윽!"

"이거나 먹어라!"

무원이 펄쩍 뛰어올라 창을 든 군사 한 명의 뒤통수를 무릎으로 찼다. 그가 미처 돌아서기 전에 무원은 그 창을 잡은 상태에서 그의 안면을 차 버렸다.

"이것들이! 쳐라!"

"움직이지 마라!"

순간, 창날이 김치득의 목덜미에 닿았다. 대량원군이었다. 무원이 시선을 끄는 동안 그가 행동하기로 했다.

"아니, 당신이!"

"이젠 마마라는 말도 붙이지 않나?"

무원은 씩 웃고는, 자신도 창을 김치득에게 들이댔다.

"천막 안으로 들어가, 빨리!"

"너희들, 움직이지 마라!"

"마마?"

안에 있던 다휘가 놀라며 말했다. 대량원군은 탁자 위에 있던 쌍검을 들어 그것으로 우선 그녀를 묶은 줄을 잘랐다.

"여기서 나가야 하오, 저기 뒤에 말이 있는데 말 탈 줄 아오?"

"물론이옵니다!"

다휘는 일어나 쌍검을 양손에 잡으며 말했다. 이젠 지체할
시간이 없었다.

"마마, 먼저 말에 오르십시오!"

무원이 창을 김치득의 목에 들이댄 채 말했다. 네 사람이
모두 말에 탈 수 있다면 좋았겠지만, 세 필뿐이었다.

"대역죄인을 잡은 셈이구먼!"

무원은 김치득에게 창을 들이댄 채로 자신도 말을 타려 했
는데, 그때 빈틈이 생겼다. 김치득은 품속에서 칼을 꺼내 대
량원군에게 달려들었다.

"죽어라!"

"에잇!"

다휘가 자신의 검으로 김치득의 어깨를 내리쳤다.

"으악!"

"이런!"

무원은 별수 없이 창으로 김치득의 머리를 때리고 말았다.
그때 군사들이 달려와 그들을 치려 했다.

"활을 쏴라!"

"젠장, 갑시다! 이럇!"

무원은 재빠르게 말을 달리기 시작했다. 다른 둘도 마찬가

지였다. 그때, 갑자기 거대한 천이 활 쏘는 군사들을 덮쳤다.

"으익!"

"뭐야!"

무원은 이럴 때를 대비해, 나가기 전에 서둘러 천막의 기둥에 줄을 매 놓았다. 강감찬이 군에서는 매듭을 빨리 매는 게 중요하다고 가르친 덕이었다. 그리고 말을 달리며 그 기둥을 무너뜨리자, 천막이 거대한 그물처럼 되어 김치득과 그 부하들을 덮치고 말았다.

"됐다!"

무원은 웃으며 줄을 놓았다. 세 사람은 있는 힘을 다해 말을 달렸다.

얼마 후, 이들은 눈에 띄지 않도록 말을 버리고 발해인 촌 쪽으로 갔다. 경비가 삼엄했다.

"벌써 진을 치고 있구먼!"

"헌데 좀 이상하옵니다. 관군이 아니고 김웅 공의 사병들이옵니다!"

두 사람은 되도록 남의 눈에 띄지 않도록 조심했다. 그리고 잠시 후, 박재훈이 무원의 눈에 띄었다.

"아니, 자네? 헉, 마마!"

"쉿! 사형! 우리이옵니다! 여긴 무슨 일이시옵니까?"

"여기서 뭘 하느냐?"

"아버지를 김웅 공 저택에서 모시고 나올 수 있사옵니까?"

"나리? 여기 계시다!"

"네? 아, 다행이다! 이리로 혼자 오시라고 해 주십시오!"

강감찬과 지채문은 곧 그들에게 왔다. 그리고 대량원군을 보고 매우 놀랐다.

"아니, 어떻게 된 것이냐?"

"그게 말이옵니다."

무원은 강감찬에게 그동안의 일을 간단히 설명했다.

"허어, 조정에서 세금을 크게 부과하니 돈이 모자라게 된 것이지. 그래서 세금이나 공물에 포함하지 않고 몰래 금광을 개발했구나. 잘못하면 대역죄로 걸릴 수도 있지. 거기다 사병을 몰래 기른다면 더더욱!"

"헌데 양주 목사는 그 사실을 알고는 그 일을 빌미로 김웅 공을 협박해 금을 나눠 달라고 한 것이옵니까?"

"아니옵니다. 김치득 그자는 정변을 준비하고 있사옵니다! 대량원군 마마를 해치려 했사옵니다!"

다휘가 말했다. 그녀는 김치득에게서 그 이야기를 간단히 들었기 때문에 알 수 있었다.

"역시, 그러고도 남을 인간들이지. 이게 다 김치양 그자의 짓이다."

"아버지, 마침 잘 됐습니다. 우리와 같이 황도로 가는 게 좋겠습니다! 마마를 모시고 가서 폐하께 알리면 될 것이옵니다!"

"아닐세."

갑자기 대량원군이 말했다.

"김웅 공의 딸을 우리가 구하지 않았나. 우리는 그의 은인일세! 그리고 무슨 일이 있는지 김웅 공에게 내가 직접 물어보겠네!"

"아니옵니다. 제가 물어보겠사옵니다."

강감찬이 나섰다.

"그랬다가 그 사람이 아버지와 우리까지 죽이려 할지도 모르옵니다!"

"김웅 공에게는 내가 가겠다. 내게 무슨 일이 생기면 얼른 마마를 모시고 황도로 가라!"

강감찬은 미리 써놓은 듯, 서찰 한 통을 내밀었다.

"저기 주막에 가면 최항 공이 있을 것이다. 가서 이 서찰과 그동안 너희가 본 걸 모두 말해라. 그가 도와 줄 게다."

강감찬은 소매 주머니에서 연적을 꺼낸 뒤 그 안에서 금덩어리를 꺼내 무원에게 주었다.

"급한 상황이니까 이걸 노자로 쓰거라. 되도록 빨리 황도까지 가라! 다휘 너는 나와 같이 가자꾸나."

순간 다휘의 눈이 휘둥그레졌다.

"아니, 웬 금…?"

강감찬은 다휘를 잡아끌었다. 김웅의 저택을 그동안 샅샅이 뒤졌는데도 그 금은 들키지 않았다. 강감찬은 자신의 연적 속에 그 금덩이를 숨기고 있었기 때문이다.

"이걸 써도 되옵니까?"

무원이 물었다.

"이 녀석아, 지금은 대량원군 마마를 무사히 피신시키는 게 중요하다. 너에게 그 일을 맡기는 거다!"

"그래, 지금은 대량원군 마마를 무사히 모시는 게 급하니 그걸 쓰는 게 좋을 걸세!"

박재훈이 말했다.

"시키는 대로 하거라!"

강감찬은 자신이 김웅이나 김치득에게 죽는다고 해도 아들과 대량원군은 살리고 싶었다.

"제가 같이 가겠습니다."

가만히 있던 지채문이 나섰다.

"이 사람은 폐하께서 보낸 몸이니 함부로 하지는 못할 것이고, 황주나 동주의 군사 동원할 시간도 없을 겁니다."

"맞소. 이건 대역죄요. 내가 괜한 욕심을 부린 탓이지. 하

267

지만 김치양 일족이 이런 데 써먹으려는 건지는 몰랐소."

김웅은 뜻밖에, 순순히 시인했다. 하지만 다휘는 경악했다.

"아버지, 대역죄라니요⋯?"

"강 공 말이 다 옳소. 관군은 충분치 않은데 사병 숫자 제한까지 하니 산적이 더 들끓게 되었소. 그래서 병력이 필요했고, 그것을 유지할 비용이 더 필요했소. 그래서 조정에 보고하지 않고 금광을 개발했소. 산사태 때문에 우연히 발견되었는데 말이오."

"그런데 김치상과 김치득 형제가 그 일을 빌미로 공을 협박했소? 그래서 그들이 원하는 게 무엇이오? 공의 아우, 김현 공이 이 사람에게 온 것도 아마 그 일로 의논하려고 일부러 공께도 알리지 않고 혼자 온 것 같으오."

강감찬이 말했다.

"김치상과 김치득, 그자들도 김치양만큼이나 비열한 자들이오. 누가 친척 아니랄까봐⋯."

김웅은 한숨을 폭 쉬었다.

"안융진 전투를 지원할 때, 그들도 공을 도와 함께 싸우지 않았소?"

"그때, 그 매복 작전을 짠 사람은 따로 있는데, 그 형제는 엉뚱한 곳으로 거란 원군이 올 것이라고 하며 갈라져서 가기까지 했소. 나중에 합류했고, 그때 그 작전을 세운, 박진이라는 낭장은 전사했는데 그가 세운 공을 그 형제가 차지했소! 나중에 박진의 집은 몰락했다고 하오. 무슨 일이었는지 몰라도."

"그자들이 원하는 게 무엇이오, 대체? 혹시 대량원군 마마를 처치해 달라는 것이었소?"

"그뿐이 아니라, 변란이오."

김웅이 말했다. 지채문은 역시나 하는 얼굴이었다.

"무엇이오?"

"그들은 그 금으로 군대를 양성하는 것도 눈감아 줄 테니, 태후마마의 고향인 황주와 김치양의 고향 동주, 그리고 우리 양주의 군사들까지 힘을 합쳐서 세 방향에서 황도를 치자고 했소. 그래서 김치상이 양주 목사로 부임한 것이오. 그가 죽으니 그 아우가 온 것이고!"

"그리고, 숭덕소군을 옹립하려는 것이오?"

지채문이 물었다.

"뻔한 걸 묻소?"

앞서 언급했듯, 숭덕소군은 천추태후와 김치양 사이에서 태어난 아들이다. 그 아들은 이제 여섯 살이라 천추태후가 섭정을 하게 된다면 김치양은 사실상 고려의 황제나 다름없는 몸이 된다. 더욱이 황제의 성씨를 바꾸려 하다니, 대역죄였다.

"김 공, 다 알았으니 이제 우리를 없애서 입을 막을 것이오? 하지만 그러지 않는 게 좋을 것이오. 이미 내 아들을 시켜 대량원군 마마를 피신시켰소. 그러니 차라리 사실대로 고하고 폐하께 용서를 비시오. 그러면 대역죄까지는 적용되지 않을 수도 있소. 폐하께 다휘를 왕후로 보내서라도 용서를 빌어야 하오."

강감찬이 말했다. 앞서 언급한 대로 황제는 여자보다 남자에게 관심이 많으므로 그렇게 해도 될지 몰랐지만, 어떻게든 양주 호족들을 살려야 했다.

"하지만 김치상을 죽인 건 내가 아니오. 그 의원이란 자가 한 것일지도 모르오. 자기가 여진의 세작임을 들켜서 말이오."

강감찬이 생각해도 그랬다. 하지만 김치상이 그 사실을 과연 알고 있었을지는 의문이었다.

"아우 녀석, 말씀하신 대로 금광 사건 때문에 내게 비밀로 하고 강 공께 상의하러 간 것 같소. 형님보다 그쪽을 더 믿었던 건가…."

김웅은 자괴감이 든다는 표정으로 강감찬을 보았다.

"김 공, 이번 일은 절대로 넘어갈 수 없는 대역죄입니다. 거기다 친어머니가 어찌 아들을 내쫓으려고 한단 말입니까. 물론 베려고 하지는 않겠지만!"

황실에서, 권력 앞에서는 혈육도 없다는 사례는 역사적으로 그 수를 헤아릴 수도 없었다. 하지만 아무리 그렇다고 해도 이로 인하여 황제 성씨가 바뀌게 할 수는 없었다.

"차라리 이 사람이 죽는 건 두렵지 않으나 양주 호족들 전체가 대역죄인이 되는 건 아니 되오. 공께서 어떻게 해 주시면 아니 되겠습니까?"

강감찬도 뭐라 할 수 없었다. 잘못하면 같은 패거리로 몰릴 수도 있다.

"오히려 더 잘 되게 돌릴 수도 있소."

"무슨 말씀이오?"

"물 한 잔 잘 대접받은 보답이니, 잘 들으시오."

강감찬은 약간의 뒤끝을 보이고는 말을 이었다.

"이번에 확실하게, 좌복야가 대량원군 마마를 해치려 한다는 증좌를 얻었소. 개경의 문벌귀족들이 좌부낭장 유충정을 포섭했다고 합니다. 그는 폐하가 가까이하는 인물이니 그를 통해 폐하께 서찰을 전달하게 하는 것이오."

"무슨 서찰 말이오?"

"대량원군 마마께서 폐하께 서찰을 쓰시라고 말씀드리고 왔소. 황주, 동주 호족의 군대가 곧 역모를 일으킬 예정이고 거기에 양주 군대까지 포섭하려 했다고 말입니다. 그 과정에서 대량원군 마마까지 해치려 했다. 이게 명백하지 않습니까.

그러면 폐하께서 뭔가 조처를 하실 것이오."

"그게 최선일 것 같소?"

"지금은 그게 최선이오. 유충정이라면 폐하를 직접 뵐 수 있으니 말이오."

강감찬은 그 점을 강조했다. 유충정 역시 미남자로서 황제의 총애를 받는 몸이다. 그러니 그 방법뿐이었다.

"폐하께서는 도순검사 강조 장군에게 명하실 것이오. 박 군관을 그리로 보내 이미 조처를 했소. 아마 준비하는 대로 일이 시작될 것이오."

강감찬으로서도 솔직히 기분이 좋지 않았다. 변방의 군대를 조정으로 올리면 국경 지대 방어에 구멍이 뚫릴 수도 있고, 자칫하면 반란군이 될 수도 있다. 하지만 김치양의 세력을 진압하려면 서북면의 병력을 동원하는 방법뿐이었다.

그때였다.

"여봐라!"

몸에 붕대를 감은 사람이 문을 박차고 들어왔다. 김치득이었다.

"오호라? 강 공! 당신 아들은 대역죄인이오, 아시오?"

"뭣이오?"

강감찬은 놀란 척 말했다.

"김웅 공! 당장 이자들을 모두 끌고 갈 것이오! 전부!"

김웅은 김치득을 빤히 보더니 벽에 걸린 활을 집은 뒤 시위를 매겼다.

"아니, 지금 뭐 하는 것이오?"

"칼을 쓰면 피가 몸에 묻을 것 같아서 그런다."

김웅은 간단히 대답하고는, 화살을 시위에 매긴 뒤 당겼다. 김치득의 눈이 커다래졌다.

"윽!"

김웅의 활 솜씨는 유명했다. 살짝 쏴서 관통하지 않고도 정확히 맞힐 정도였다. 김치득은 충격과 함께 자기 다리에 박힌 화살을 보았다.

"이, 이게 무슨 짓이오?"

김치득은 주저앉은 채 경악하며 말했다.

"나, 나는 폐하께서 보내신 목사란 말이오!"

"폐하가 아니라, 김치양 그 작자가 보낸 사람이지! 그리고 자기를 보내 준 폐하에게 정변을 일으키려는 자가 역적이지!"

"이게 무슨 짓이오?"

"당신을 쏠 수 없어서가 아니라, 당신을 죽이면 관군들이 공격할 것 같아서 그러는 것이야. 여봐라! 이놈을 우리가 잡고 있으니 관군들은 항복하라고 해라!"

곧, 김웅의 사병과 호위무사들이 양주 관군을 포위했다. 김치득이 잡혀 있으니 관군은 힘을 쓸 수가 없었다. 그리고 지채문이 자신의 신분패를 보이며 양주 목사를 추포하겠다는 뜻을 밝혔다.

24. 정변

새해(1009)가 밝은 뒤, 보름이 지났을 무렵이었다.

서북면 도순검사 강조는 그날도 주변을 둘러보며 경계를 철저히 하라고 지시하고 있었다. 그런데 갑자기 황도에서 사람이 왔다.

"무슨 일인가?"

"황명을 받들고 왔사옵니다."

황명이라는 말에 서찰을 본 강조는 놀랐다. 군사를 끌고 황도로 가서 궁궐을 호위하라는 명이었기 때문이다.

"박 낭장!"

"예, 장군!"

박재훈이 나섰다. 강조는 이미 그에게서 간단히 이야기를 들었기 때문에 병력을 대기시키고는 있었지만, 그의 말대로 황명이 정말 왔다.

"폐하께서 이번에 대량원군 마마를 정식으로 후계자로 임명하시려는데, 김치양이나 태후마마는 이를 반대하실 테니 궁궐을 호위하라는 명이 분명하옵니다."

강조 역시 천추태후와 김치양의 전횡에 염증을 느끼고 있었다. 하지만 군대를 이끌고 황도에 무작정 내려갔다가는 대역죄가 되므로 함부로 움직일 수 없었다.

황제는 대량원군의 서찰을 받고는 놀랐다. 마침 궁궐에 갑자기 불이 나서 천추전마저도 불에 타 버렸다. 이에 태후는 장생전으로 옮겼다.

황제는 이 일로 병이 들었다고 하며 궁에 틀어박혔다. 유행간, 유충정, 최항, 채충순 등 몇몇 신하들만 목종의 병석에서 숙직했고, 다른 신하들이 목종에게 병문안을 오면 유행간이 가로막았다.

황제는 김치양의 눈길을 피해 채충순을 시켜 강조에게 황도로 오라는 서찰을 보냈고, 그것을 강조가 읽게 되었다.

"김치양은 양주 호족들을 협박하여 자신의 정변에 가담하도록 하고 있었사옵니다. 황주, 동주, 그리고 양주 군사들까지 동원해 황도를 세 방향에서 포위하여 폐하를 몰아내려는 것이옵니다."

며칠 뒤 황제가 승하했다는 소식이 들려오자, 강조는 대량원군을 보호해야겠다는 생각에 정예 병력을 이끌고 황도로 달려가기 시작했다. 하지만 평주(현 황해도 평산군)에 이르렀을 무렵, 현지인들을 통해 황제가 죽지 않았다는 사실을 알게 되었다. 하지만, 이미 대병력을 이끌고 왔으니 잘못하면 대역죄로 몰릴 수도 있었다.

"폐하께서 살아 계시는데, 다시 군사를 돌려야 하나?"

"아니 되옵니다!"

낭장 박재훈이 말했다.

"이미 시작한 이상 되돌릴 수 없습니다! 지금 군대를 돌린다면, 조정뿐 아니라 황주나 동주 군대까지 와서 장군을 붙잡을 것이옵니다. 김치양은 지금 분명히 대역죄인이옵니다!"

박재훈의 말에, 강조는 잠시 생각해 보았다.

"박 낭장 말이 옳습니다!"

다른 장수들도 동의했다. 조정의 허락 없이 군대를 움직였으면 이미 그 사실만으로도 대역죄로 몰릴 수 있다. 그런데 지금 군대를 물린다고 나중에 아무 일도 아닌 것이 되지는 않는다.

"그렇다면, 어떻게 하면 되는가?"

"가서 김치양, 유행간을 대역죄로 벌해야 하옵니다. 그리고 나라를 바로잡으면 되옵니다! 거기다, 김치득 그자가 김웅 공을 대역죄인이라 하여 관군을 끌고 갔고, 김웅 공은 정변을 거부하여 김치양도 관군을 양주에 보낸 상태이옵니다. 따라서 황도로 가면 쉽게 점령할 수 있을 것이옵니다!"

박재훈은 자신이 들은 바를 그대로 말했다. 강조는 자리에서 일어났다.

"그래야겠다. 김치양 그놈이 국정을 농단하고 황제 폐하를 능멸하는 것만으로도 도저히 봐줄 수 없었는데, 황제 씨를 바꾸겠다는 건 대역죄 중에서도 가장 악질적인 대역죄다! 가자! 가는 길에 절대로 백성은 해치면 아니 되느니라!"

강조의 군대는 그대로 황도를 향했다.

그 뒤 일은 일사천리로 진행되었다. 갑작스러운 대군의 공격에 황도 수비 군대도 제대로 싸우지 않고 항복했다. 강조는 백성들에게는 일체 피해를 주지 말라고 했기 때문에 아주 간단하게 일이 진행되었다. 황주와 동주 군사들이 움직일 틈조차 없었다.

"도순검사! 어찌 이런 일을!"

천추태후가 대노하여 나섰으나, 그녀를 지켜줄 사람은 없었으며 나서는 사람에게 가는 것은 칼뿐이었다.

"황제를 폐하고 양국공(나라를 양보한 공)으로 봉하여 충주로 유배한다."

황제는 황보유의를 시켜 대량원군을 모셔 오라고 했는데, 강조는 김응인을 시켜 그러도록 했다. 그래서 두 사람이 같이 대량원군을 데려왔다.

"그리고 김치양과 그 아들, 감히 보위를 다른 씨로 바꾸려고 한 자들은 대역죄인이다. 당장 끌어다 베어라!"

"이 몸부터 베어라!"

천추태후가 악을 썼지만, 강조는 들은 척도 하지 않았다.

"어찌 당신은 태후로서, 황제의 어머니로서 외간 남자와 놀아나고, 아니, 놀아난 건 그렇다 쳐도 아이를 낳고 황제의 씨까지 바꿀 생각을 하시오? 당신이 아무리 태조 폐하의 후손이라고 해도 그렇지, 이는 대역죄 중의 대역죄요! 거기다 그 시정잡배 같은 인간에게 국정을 맡기기까지 했소! 뭣들 하느냐? 당장 베어라!"

강조의 명령에 김치양과 그 아들은 곧 목이 달아나고 말았다. 김치양의 아들은 이제 일곱 살이었으나 어쩔 수 없었다.

강조는 뜻밖에, 매우 관대한 처분을 내렸다. 그가 죽이라고 한 사람은 김치양과 그 아들, 유행간까지 포함해도 10명 정도였고 귀양 보낸 사람은 30명 내외에 불과했다.

날이 밝고, 조정 대신들이 입궐하였다. 대량원군은 황보유의와 김응인 등의 호위를 받으며 들어갔다.

"황제 폐하 만세!"

강조가 두 손을 높이 들었다. 다른 대신들도, 군사들도 모두 이를 따랐다.

"황제 폐하 만세!"

대량원군은 금방 즉위식을 치렀고, 고려의 8대 황제로 등극했다.

"아버지, 이게 잘된 일인 건지 모르겠사옵니다."

무원은 한숨을 푹 쉬었다. 며칠 전까지만 해도 자신과 앉아서 이야기하던 대량원군이 순식간에 황제가 되었다는 사실에 놀란 건지도 몰랐다.

"그보다 더 큰 문제가 있다."

강감찬 역시 마찬가지였다. 강조는 후환을 없애기 위해, 충주로 유배 가던 양국공(황제)에게 자객을 보내 그를 죽이고 말았다. 최항이 강조에게 이런 사례가 있느냐고 따질 정도였다. 믿고 부른 황제를 배신한 셈이었기 때문이다.

ㆍ더욱이, 강조는 이번 일로 고려에서는 누구도 건드릴 수 없는 권력자로서, 중대성이라는 관청을 설치하고 자신이 그 수장인 중대사에 올랐다. 거기다 이부상서와 참지정사까지 겸하여 관리인사권을 장악했으니 황제 이상의 권력을 갖게 된 셈이다.

"강조 장군이 부패하지 않고, 황제 폐하를 제대로 보필할 수 있으면 좋겠는데 말이다. 김치양이 강조로 바뀐 것일 뿐이면 어떻게 할지 모르겠다. 거기다, 이번 일을 구실로 거란

등에서 쳐들어올 수도 있다. 황제를 폐한 죄를 묻겠다며 말이다."

"왜 남의 나라에 간섭합니까."

"국제 정치란 명분에 의해 이루어지는 거라고 몇 번을 말했느냐?"

강감찬은 강하게 말했다. 그때, 청지기가 밖에서 말했다.

"나리, 박재훈 낭장 나리가 왔사옵니다!"

"그래? 들라 하게."

박재훈이 곧 방으로 들어왔다.

"이번에 나리께서도 요직으로 가신다고 들었사옵니다. 축하드리옵니다."

"고맙네."

강감찬은 관복을 훑어보며 말했다. 황제가 된 대량원군은 자신을 구해 준 강감찬을 예부시랑(정4품, 오늘날의 차관급) 으로 임명하였다. 그는 별수 없이 은퇴를 미뤄야 했다.

"사형은 어디로 가십니까?"

무원이 물었다.

"나는 다시 서북면으로 간다. 집에 잠깐 들른 김에 나리와 네 얼굴이나 좀 보고 가려고 왔다."

"나도 자네에게 할 말이 있었는데 잘 됐구먼."

"네? 무엇이옵니까?"

박재훈이 의아해하며 물었다.

"자네가 김현 공과 김치상을 죽였지?"

"네?"

무원과 박재훈은 거의 동시에 기겁하며 대답했다.

"사형이요? 그게 무슨 말씀입니까?"

무원도 놀라며 말했다.

"내가 며칠 동안 시간이 있어서 조금 조사했는데, 자네는 한 가지 실수했다네."

"그게 무슨 말씀이옵니까?"

"내 집 종들이 말했다네. 김현 공이 집에 온 뒤 온몸을 꽁 꽁 싸맨 사람이 들어와서 그의 종인 척했다고 말일세."

"그, 장민규라는 의원이 깜부기를 갖고 있지 않았사옵니까? 그자가 한 짓 아니겠사옵니까?"

"자네는 잊었나? 장민규가 여진의 세작인 건 맞지만, 그 친구는 나만큼이나 키가 작았네. 그렇다면 우리 집 종들이 다 그렇게 말했을 거 아니겠나? 그리고 대량원군 마마…, 아 니, 이제 폐하라고 해야지. 폐하께서 그때 말씀하시지 않았 나? 김현 공 정도 되는 사람이 내가 방에 들어가기도 전에 술에 손을 댔을 리가 없다고 말일세. 그런데 내가 보니 좀 이상했다네. 그 추운 날, 술이 왜 따뜻했을까 하고 말일세."

"그 술에 독을 탄 거 아니겠습니까?"

"아닐세. 술에 독을 타긴 했는데 그건 거의 위장이나 마찬가지였지. 자네는 미리 술을 받아온 뒤 어디에선가 불을 피워서 데우고, 거기에 독침을 담가 뒀을 걸세."

"예?"

"내가 종들을 시켜 도림천 주변 술집을 다니며 그날 아침부터 술을 받아오는 사람이 있었는지 알아보았는데, 술 받으러 온 사람은 없지만 아침에 누군가 도림천 옆에서 불을 피우긴 했다고 하네. 그게 자네지? 술을 데우기 위해서!"

"무슨 말씀이옵니까?"

"그리고 자네는 김현 공의 종인 척하면서, '김현 공이 술을 한 병 받아오라고 심부름시켰습니다'라고 한 뒤 사랑방까지 가서, 그 깜부기를 녹인 술에 담가 두었던 독침으로 그를 살해한 걸세. 김현 공은 곧 난리를 피우다가 봉천에 뛰어들어서 죽었고, 우리는 제대로 시체를 검사하지도 않은 채 김웅 공에게 줬으니 독침을 맞은 줄도 몰랐지!"

"그, 그야 그럴 수 있사오나, 왜 그게 소관이옵니까?"

"하나 더 있네. 김치상이 죽었을 때도 같은 방법을 썼다네. 자네는 김치상의 술잔에 독을 탄 게 아니라 그 의자에 독침을 미리 꽂아 뒀다가 앉으면 찔리도록 한 걸세. 그가 찾아오기만 하면 상석에 앉을 테니 간단했겠지. 그리고 그가 소동을 벌이는 동안 사람들의 이목은 그리로 쏠려 있었을 테니,

그 가루를 술병에 넣은 걸세. 자네는 그 가루 자체를 숨길 생각은 없었을 걸세!"

"그야 사형이 아니어도 가능하지 않사옵니까?"

무원이 끼어들었다.

"끝까지 들어라! 자네는 무원이와 같이 이천에 갔다가, 거기 의원이 그보다 1년 전에 죽었다는 말을 듣고 '스라소니가 한 짓일지도 모른다'라고 했지? 헌데, 1년 전에 발해인 복장을 하고 그리로 간 사람은 자네 아닌가? 자네도 깜부기를 원했기 때문일세. 하지만 그 의원을 자네가 죽인 건 아니고, 정말로 스라소니의 공격을 받았겠지. 우연이었겠지만 말일세. 차라리 그때 그냥 넘어가지 그랬나!"

"아니, 아까도 말씀드렸지만, 깜부기 가루는 그 의원의 집에서 나오지 않았사옵니까?"

"그건 자네가 밤에 몰래 가서 숨긴 걸세! 자네는 여진족 사이에서도 산 적 있으니 장민규가 여진족의 세작임도 알아냈을 걸세. 그러니 그에게 누명을 씌웠지?"

"무슨 근거로 그런 말씀을 하시옵니까?"

"자네는 한 가지 실수를 했네. 김현 공의 몸에서 금덩어리가 나왔다는 거, 그건 나와 무원이 말고는 아무도 모른다네! 난 무원이에게 금덩어리 이야기는 하지 말라고 했네. 그런데 자네는 그 금덩어리를 보고, '지금은 대량원군 마마를 모시는

284

게 중요하니까 그것을 써야 한다'라고 했네. 그게 금 외에 증좌로서의 가치가 있다는 걸 알았다는 말이지!"

그 말에, 박재훈은 말을 잇지 못했다.

"사형, 그게 맞는 말씀입니까?"

무원은 놀라움이 가득한 얼굴로 그를 보았다.

"15, 아니 16년 전 안융진 전투 때 김웅 공과 김치상 형제가 지원하러 가서 거란군을 크게 격파한 적이 있는데, 그때 매복 작전을 짰던 낭장 박진이 자네의 아버지지? 그리고 그 뒤 자네 집안은 몰락하여 자네는 여진족들과 사냥을 하며 살지 않았나? 물론 내가 양주 목사 시절 호랑이 사냥을 할 때 자네와 만난 건 정말 우연이었겠지만, 그런데 김웅 공이 말하더구먼. 김치상 형제는 원래 적의 위치를 잘못 파악하여 오히려 당할 뻔했지만, 박 낭장의 도움으로 승리했는데도 오히려 그를 죽이고 공을 가로챘다네."

"아, 아니옵니다!"

"그러면, 김웅 공도 그들과 공범이었다는 말인가?"

"그렇사옵니다. 소관은 김웅의 비리를 폭로하려고 일부러 양주에서 살았사옵니다. 그러다가 금광도 찾아냈사옵니다. 이를 조정에 알리면 복수도 할 수 있을 것 같았는데, 하지만 당시 양주 목사가 김치상이었사옵니다. 그도 제 복수의 대상이었는데 조정에는 김치상의 패거리뿐이었으니 어쩔 수 없었사옵니다. 그래서 익명으로 김치상에게 발고했사옵니다. 그자라면 김웅을 벌하지 않고, 오히려 협박할 거라 여겼사옵니다. 그러면 그들을 모두 엮을 수 있을 거라 여겼사옵니다."

"그런데 김현 공이 내게 그 일로 의논하러 오니까, 우선 그를 먼저 죽인 건가?"

"그렇사옵니다. 헌데 그들이 역모를 꾀한다는 사실을 알고, 김치상까지 없앴사옵니다."

강감찬은 말이 없었다.

"아버지의 복수를 그렇게 몰래몰래 했나? 제대로 발고하거나 했다면 됐을 텐데."

"근거가 없었고, 그들은 조정의 대세인 김치양의 일족들인데 그들을 쉽게 발고할 수가 없어서 그랬사옵니다. 그렇다고 그들을 죽이고 저도 죽는다면 집안을 다시 일으킬 수가 없잖사옵니까? 저희 집안도 안주 지역에서는 명문이었사옵니다!"

박재훈은 분기에 찬 얼굴로 말했다.

"경종 때 만들어진 복수법은 이미 폐지되었다네. 그런데도 자네는 사적인 복수심으로 일을 저질렀네."

"폐하께 주청 올려서 저를 벌하도록 하시겠사옵니까?"

"자네가 충직한 인물이라 여겼는데 솔직히 슬프다네. 하지만 자네가 벼슬을 살도록 뒤를 봐준 사람이 나니까 책임을 느낀다네. 뭐라고는 않겠네만, 굳이 복수까지 해야 했나?"

강감찬은 실망을 감추지 않았다. 무원도 뭐라 할 수 없었
다.

25. 귀환

"이럴 수가…!"

"폐하, 어서 오시옵소서."

이듬해(1010) 봄이었다. 황도에 도착했을 무렵, 강감찬은 대량원군과 다시 만났다.

"무사하셔서서 정말 다행이옵니다."

"예부시랑도 무사해서 다행이오. 헌데 이게 어찌, 한 나라의 황도란 말이오!"

대량원군은 군데군데 불탄 집들을 보며 말했다. 그보다도 더 그의 마음을 아프게 한 것은, 거지나 다름없는 모습으로 비틀거리는 백성들이었다.

"황도를 떠나지 말 걸 그랬나 보오! 차라리 함께 싸우다 죽는 편이…!"

대량원군은 비통함을 감추지 못했다. 거란군은 재빠르게

황도까지 밀고 와서 점령하고, 백성들을 약탈했다.

"폐하, 아니옵니다. 사직을 보존하는 일이 최우선이었사옵니다. 폐하께서 붙잡히시기라도 했다면, 나라가 멸망했을 것이옵니다. 폐하께도 후사가 아직 없으시지 않사옵니까."

강감찬이 말했다. 대량원군이 황위를 이어받은 바로 그다음 해(1010), 거란 측에서는 강조가 황제를 시해했다는 점을 트집 잡아 고려를 침략해 왔다. 그것도 황제(성종이란 묘호를 받은)가 직접 40만 대군을 이끌고 왔다.

강조는 자신에게 책임이 있는 만큼 직접 도통사로서 고려군을 이끌고 나가 싸웠지만 통주 전투에서 패하고, 자신은 사로잡힌 뒤 처형당했다.

고려의 주력 군대가 패하고 거란군이 황도인 개경으로 향하자, 조정 중신들은 대부분 항복하여 사직을 구하자고 했지만, 당시 예부시랑이었던 강감찬은 이에 반대하고 몽진을 주장했다. 거란군은 압록강 얼음이 녹기 전에 돌아가야 하므로 시간을 끌면 잡히지 않을 것이라 했기 때문이다.

대량원군은 강감찬의 말을 들었지만, 개경을 떠나 공주 등을 거쳐 전라도의 나주까지 피난을 가야 했다. 다행히 거란군은 물러갔고 그는 황도로 돌아올 수 있었다.

"피해가 막심하오."

"폐하, 반드시 극복해야 하옵니다. 그리고 북풍은 앞으로 언제 또 불어올지 모르옵니다. 거란이든, 여진이든 말이옵니다."

강감찬이 말했다.

"다 짐이 부덕한 탓이오. 사실 즉위하는 과정부터 그리 매끄럽지 않았으니 말이오. 외침의 빌미를 제공하기까지 했으니 호족과 백성들이 짐을 어찌 생각하겠소?"

대량원군은 한숨을 폭 쉬었다. 몽진하는 동안에도 황제인 자신이 도적에게 습격받고, 지방 호족들에는 박대받는 등 고생이 막심했다. 심지어는 말안장을 도둑맞기까지 했다. 지채문이 목숨을 걸고 도적 등과 맞서며 그를 지켰다. 하지만 무엇보다도 황제의 마음을 아프게 했던 것은, 군데군데 불타고 약탈당한 황도였다.

"사생아로 태어나고 싶어서 태어난 것도 아닌데, 거기다 난을 일으켜 즉위했으니 찬탈자에 실권도 없는 황제 취급을 받고 말이오."

대량원군으로서는 서글플 뿐이었다. 사생아가 제위를 받는다는 일 자체를 말이 되지 않는다고 생각하는 이들이 있을 것이다.

"폐하, 세상에 자기가 태어나고 싶은 나라나 집안을 선택해서 태어난 사람은 없사옵니다. 중요한 건 태어나서 무슨 일을 했느냐, 그것이옵니다. 그런 어려움을 겪어도 제대로 극복해 내신다면, 훗날 역사는 폐하를 위대한 군주라고 평가하실 것이옵니다."

"그게 무슨 말씀이시오?"

"폐하께서는 전란 중에도 곳곳을 돌면서 민심을 안정시키시는 데 최선을 다하셨사옵니다. 황제로서 여러 가지 일, 심지어는 이보다 더한 일도 얼마든지 겪게 되실 것이옵니다. 하지만 어떻게 감당해 내느냐에 따라 후손들에게도, 선제들에도 부끄럽지 않게 될 수 있을 것이옵니다. 설령 실패하신다고 해도 시련에 의연히 대응한다면, 후세 사람들에게서 절대로 박한 말은 듣지 않으실 것이옵니다. 그러니 폐하, 힘을 내십시오. 소신들은 반드시 폐하를 보필할 것이옵니다."

"고맙소."

"또한 강조 장군에게는 미안한 말이지만, 오히려 폐하에게도 기회가 되었사옵니다. 잘못하면 폐하는 허수아비 임금이되고 그가 실권을 잡았다고 여겨질 수 있었고, 실제 그렇게생각하는 사람도 많았사옵니다. 하지만 이제는 친정을 하실수 있사옵니다."

"어찌 다스린단 말이오?"

"우선, 몽진 기간 각 지방의 호족들이 폐하를 박대하였다고 하여 그들에게 보복하지는 마시옵소서. 우선은 전란의 상처를 복구하고, 백성들의 부담을 줄이는 데 힘을 쓰셔야 하옵니다. 하지만, 앞으로는 폐하의 권위에 도전하는 자가 있다면 그때는 가차 없이 처벌하십시오. 또한 이번 전란에 공이 있는 사람들에게는 그 유족들에게도 마땅히 제대로 포상하시옵소서. 그래야 백성들이 조정을 따를 것이옵니다. 그리고, 소신을 비롯하여 폐하를 믿는 사람들이 많다는 점을 기억하시옵소서."

"알겠소."

"우선 여독을 푸시고…."

"아니오, 당장 조정 회의를 소집할 것이오. 입궐할 수 있는 사람은 전부 오라고 할 것이오."

대량원군은 말을 돌리려다, 갑자기 다시 강감찬을 보았다.

"아, 그러고 보니 예부시랑, 아드님은 무사하오?"

대량원군이 물었다.

"덕분에 무사하옵니다."

"다행이구려, 그때 짐을 도왔던 박 낭장은 어떻게 되었소?"

"그게…."

강조의 후임 도순검사 양규(楊規)는 소수의 병력으로 거란군의 뒤를 쳐서 보급로를 막고, 퇴각하던 그들을 몇 번이나 공격하여 포로로 잡혀가던 백성들을 여러 명 구출했다. 하지만 애산에서 거란 주력과 만났고, 백성들이 피할 시간을 주기 위해 싸우다가 전원 전사했다. 안타깝게도 박재훈 역시

292

그 전투에서 목숨을 잃었다.

김웅은 금광에 관한 보고를 하지 않은 데 대해 문책받았지만, 다행히 가벼운 처벌에 그쳤다. 하지만, 그는 강조를 따라나간 통주 전투에서 전사하고 말았다.

"다시는, 다시는 이런 일이 나지 않게 할 것이오. 당장 황도에 성부터 제대로 쌓고 적의 공격에 대비할 것이며, 그리고 다시 거란이 쳐들어온다면 그때는 절대 몽진하지 않을 것이오!"

"폐하께서는 반드시, 무슨 일이 나도 극복하실 수 있을 것이옵니다."

강감찬은 은퇴를 번복하고 조정에 남았다. 대량원군을 돕는 데 자신의 노년을 바쳐도 좋으리라는 생각이 들었기 때문이다.

강감찬은 긴 회상을 끝냈다. 언제부터 시작이었는지 생각하는 데도 시간이 오래 걸렸다. 아직 따뜻한 계절이었는데도, 그때의 찬바람이 다시 이마를 스치고 있었다.

"쇠뇌를 쏴라!"

고려 궁수들은 보통 활보다 훨씬 강한 쇠뇌를 발사했다. 거란 기병 몇 명이 화살에 맞아 쓰러졌지만, 고려군이 보유한 쇠뇌는 보통 활보다 수가 적었기 때문에 큰 타격을 주지 못했다.

거란군이 돌격해 왔다. 강감찬은 검차와 긴 창을 동원해 저들이 본진을 돌파할 수 없도록 막아야 했다.

"기병 앞으로!"

부원수 강민첨이 이끄는 기병이 앞으로 달려갔다. 귀주 평야는 그리 넓지 않았기 때문에 기병을 이용해 측면을 찌를 공간이 충분하지 않았다. 강감찬도 그 점을 이용해 진을 넓게 폈지만, 넓은 만큼 두텁지 않았기 때문에 정면 돌파에도 약했다.

거란 기병이 달려오느라 진에 틈이 생겼고, 강민첨은 그 틈에 그들보다 먼저 적의 측면에 파고들 수 있었다.

곧 기병들 간의 혼전이 벌어졌으나, 거란군은 유목민족인 만큼 말타기에 익숙하고 수적으로도 우위에 있었다. 무엇보다 본진을 돌파당한다면, 고려군으로서는 걷잡을 수 없게 된다.

"저기, 온다!"

귀주성 벽 위에서 초조하게 보고 있던 백성들 사이에서 다른 목소리가 나왔다.

"저, 적의 원군인가?"

"아니야! 고려군이야!"

"아군이다! 빨리 신호를 보내라!"

병마판관 김종현이 이끄는 1만 기병이 드디어 귀주성 앞으로 달려오고 있었다. 양측의 균형이 팽팽해졌을 때, 1만 정도의 추가 병력은 충분히 영향을 줄 수 있다.

곧, 성벽 위의 군사들이 아군 지원 깃발을 흔들기 시작했다. 하지만 원군은 그뿐만이 아니었다.

"응? 뭐지?"

"남풍이야!"

계절에 맞지 않게, 남쪽에서 강한 바람이 불었다. 그것도 사람이 휘청할 정도로 강했다. 김종현의 원군이 몰고 온 흙먼지는 곧, 남풍을 타고 거란군을 향해 불었다.

갑작스러운 바람에 거란군이 놀라자, 강감찬은 그 기회를 놓치지 않았다. 그는 평야 회전에서 전황을 바꿀 수 있는 자연적인 가장 큰 변수 중 하나는 바람임을 알고 있었고, 이 계절에 가끔 남풍이 분다는 사실을 알고 일부러 이때를 기다리며 버티고 있었다.

"전군 돌격!"

"전군 돌격!"

김종현의 기병이 거란군의 옆구리를 거의 자르다시피 함과 동시에, 고려군은 바람을 등에 업고 기세가 올라 적을 치기 시작했다.

귀주대첩, 훗날 이 전투에 붙은 이름이었다. 가히 그 명칭은 아깝지 않았다. 10만의 정예 거란군 중 살아서 돌아간 사람은 수천에 지나지 않았다. 적장 소배압은 겨우 목숨을 건져 달아났지만, 거란 황제는 그에게 얼굴 가죽을 벗겨 죽이겠다고 격노했을 정도였다.

고려가 건국 이후 외적, 그것도 중원 북부를 거의 지배하던 거란을 상대로 이토록 완벽한 승리를 거두리라고는 아무도 생각하지 못했다. 그날 이후 거란은 다시는 고려를 넘보지 못했다.

.

26. 기이한 인연

"물론, 그게 끝은 아니었지. 폐하께서는 야속하게도(?) 그 다음에도 이 늙은것에게 별별 중책을 내리셨으니 말일세. 오죽했으면 이제야 은퇴를 할 수 있었겠는가."

22년의 재위 끝에 40세라는 젊은 나이에 세상을 떠난 (1031) 황제에게는 현종(顯宗)이라는 묘호가 붙었다. 업적이 나라 안팎으로 널리 알려졌다는 뜻이다. 그에게 아주 어울리는 묘호였다.

거란의 침입이 끝난 후에도 현종의 업적은 한둘이 아니었다. 개경 주변에 나성을 쌓아 방위를 더욱 튼튼히 했고, 여진의 해적이 동해안을 침략하자 수군을 동원해 그들을 물리치기도 했고, 통치 체제를 개선하여 황권을 강화하였으며 역사서인 <칠대실록>과 초조대장경 등을 편찬하였다. 그 여러

가지 일에서 강감찬이 큰 활약을 했음은 두말할 필요도 없었다.

강감찬은 슬픔에 잠겨 고향으로 돌아갔다. 현종이 자기 아들뻘도 안 되는데 자신보다 먼저 세상을 떴기 때문이었다.

"버드나무는 부드럽고 바람에 이리저리 흔들리는 것 같아도, 그저 가지를 꺾어다 심기만 해도 자라니 어떻게 보면 매우 강인한 나무일세. 현종 폐하도 저리 강인하셨는데 나무처럼 오래 사셨어야지…."

"대감님!"

청지기가 왔다.

"무슨 일이냐?"

"거란 황제가 죽었다 하옵니다!"

"뭣이라?"

거란 황제는 고려를 세 번이나 침략했다. 두 번째 침략 때는 고려 황제가 황도를 버리고 피난을 갔던 적이 있을 정도로 그와의 악연은 깊었다.

"뭐, 조정에서 조문 사절이든 뭐든 알아서 보내겠지! 가만있자, 그 사람이 얼마나 재위했더라? 아마…, 아마 48년 정도 되겠구먼. 열한 살에 즉위했다고 했으니까. 참 아깝네. 우리 황제 폐하도 그 정도쯤 하셨으면 얼마나 좋았겠는가. 그동안 나라를 위해, 백성을 위해 하신 치적이 한둘인가. 아직도 하실 일이 많았는데 말일세."

거란 황제에게 올려진 묘호는 성종(聖宗)이었다. 고려 6대 황제의 묘호도 성종이었는데, 거란 황제도 6대라는 점까지 같으니 신기한 일이라는 생각이 들었다. 그는 48년이나 재위하며 송나라를 격파하고 나라의 영토를 크게 넓혔다. 지난 거란과 고려의 26년에 걸친 전쟁은 모두 그가 침략하면서 일어났다.

"대감님, 상심이 크신 건 알지만 힘을 내셔야 하옵니다. 며칠째 눈만 뜨면 저 버드나무만 보고 계시고, 입만 여시면 폐하, 폐하 하시니 마치 자식을 앞세운 부모 같사옵니다."

청지기가 보다 못해 한마디 했다.

"그게 그리 이상한가?"

강감찬은 씁쓸하게 웃었다. 버드나무는 수질 정화 능력이 좋아서 우물 옆에 흔히 심는 나무였고, 중원의 시인 도연명이 말년에 벼슬을 그만두고 집에 버드나무 다섯 그루를 심고 편안히 살았다는 말이 있어서 그 영향으로 버드나무를 집에 심는 사람들이 많았다. 하지만 그에게는 다른 의미가 있었다.

"대감께서 선제 폐하를 얼마나 따르셨는지는 잘 알지만, 기운을 차리셔야 하옵니다."

"나는 다 살았네. 세상일은 참 이상하다네."

"네?"

강감찬은 청지기에게 물러가라 한 뒤, 다시 자리에 누웠다. 청지기의 말대로 그의 눈은 저절로 우물 옆에 심은, 그 작은 버드나무 쪽으로 갔다.

"폐하와 함께했던 건 제 인생의 가장 큰 기쁨이었사옵니다. 늘그막에 친구 중에는 벌써 죽은 사람들도 많았는데, 그때 폐하와 그렇게 만나게 될 줄 누가 알았겠사옵니까."

문득, 그때가 생각났다. 결과적으로 그 만남으로 인하여 나라를 구하고 중흥시키기까지 했으니, 그의 인생은 큰 의미를 부여해도 좋았다.

"그래도 폐하와 저, 이만하면 잘 하지 않았사옵니까? 이제 소신도, 좀 있으면 폐하가 계신 곳으로 갈 것 같사옵니다. 자세한 건 역사의 평가에 맡겨야겠지요. 인연이란 건 참, 아무도 알지 못하겠사옵니다."

강감찬은 몸이 좋지 않았지만, 웃음이 나왔다.

그가 현종의 뒤를 이은 황제(덕종이란 묘호로 불린다)에게 청한 것은 단 하나뿐이었다. 헌정왕후가 붙잡고 현종을 낳았던, 그 버드나무의 가지를 잘라서 자기 집에 심을 수 있게 해 달라는 것이었다.

중원에서는 헤어질 때 버드나무 가지를 선물하는 풍습이 있었다. 버드나무를 뜻하는 류(柳)자가 머물 류(留)자와 발음이 비슷하므로, 상대가 머물러 주기를 바란다는 뜻을 담고 있었다. 거기다 자신을 떠올려 달라는 뜻도 있다.

현종의 아버지인 왕욱도, 헌정왕후를 기억하기 위해 그 버드나무 가지를 잘라서 자신이 있던 사수현 유배지에 심기도 했다.

며칠 후, 슬슬 더위가 물러갈 때쯤이었다.

"아버지!"

"할아버지!"

"대감님!"

강감찬의 저택에서 통곡 소리가 울렸다. 당대를 흔들었던 세 인물인 고려 현종, 거란 성종, 강감찬이 모두 같은 해 (1031)에 세상을 떠났으니 이도 참 기이한 인연이었다.

작가의 말

강감찬이 사망했을 때, 사관은 그의 졸기에 '하늘이 고려를 돕기 위해 내려준 인물'이라 평하기도 했다. 그의 업적을 보면 가히 그 말이 아깝지 않다.

사실 강감찬은 매우 신기한 인물이다. 그는 문관이었으며 환갑이 넘은 나이에 당상관이 되었고, 갑옷 입고 전장에 나간 기간은 약 석 달이 전부다. 그런데도 우리 역사에서 가장 빛나는 승리 중 하나인 귀주대첩을 승리로 이끌었다.

고려 8대 황제인 현종은 어렸을 적부터 온갖 위협과 시련을 겪었으며, 변란을 통해 황위에 올랐고 즉위 후 곧장 외침을 당하기까지 했으나 이를 모두 극복하고 고려 제일의 명군이라 평가받았다.

강감찬은 귀주대첩 외에도 현종이 고려의 중흥기를 이끄는 데 큰 도움을 준 문신이기도 하다. 현종은 그를 전적으로 믿

었으니 전장 경험도 없는 그에게 군 지휘권을 맡겼을 것이
다.

　결과적으로 고려에 큰 행운이 된, 두 사람의 만남을 상상
을 덧붙여 그려 보고자 했다. 이 작품을 통하여 독자 여러분
이 즐겁기를, 또한 고려 초기의 그 파란만장했던 시기에 관
심을 가져 주기를 바란다.

조동신

문관, 갑옷을 입다

1판 1쇄 발행 2023년 11월 22일

지은이 · 조동신
발행인 · 주연지
편집인 · 석창진 **편집** · 이혜진
디자인 · 김지영 **일러스트** · 백진연 이찬영

펴낸곳 · 몽실북스 **출판등록** · 2015년 5월 20일(제2015 - 000025호)
주소 · 서울 관악구 난향7길52
전화 · 02-592-8969 **팩스** · 02-6008-8970
이메일 · mongsilbooks@naver.com
네이버 포스트 · post.naver.com/mongsilbooks_kr
인스타그램 · instagram.com/mongsilbooks
ISBN 979-11-92960-48-7(03810)

●잘못된 책은 구입하신 서점에서 바꿔드립니다. ●책값은 뒤표지에 있습니다.

몽실북스에서는 작가님들의 원고를 기다리고 있습니다. 자신만의 이야기를 책으로 만들고 싶다 하시면 언제든지 mongsilbooks@naver.com으로 연락처와 함께 기획안을 보내주세요. 몽실몽실하게 기대하며 기다리겠습니다.